지옥 만세

지옥만세

임정연 장편소설

산지니

차례

프롤로그

알람 소리에 일어나 옷을 입고 밖으로 나왔다. 위층에 불이 켜져 있나 살펴봤다. 불이 켜져 있다. 그걸 보고 계단을 바삐 뛰어 내려갔다.

골목에서 할아버지가 스트레칭을 하고 있었다.

"안녕히 주무셨어요?"

"오냐. 너도 잘 잤냐?"

"예."

옆에 쪼그리고 앉아 운동화의 끈을 묶었다. 기지개를 켜고 나서 발목을 돌리고 무릎을 차례차례 풀었다.

"가자."

"예."

대답 소리와 함께 뛰기 시작했다. 뒤에서 할아버지가 따라왔다. 상가주택이 늘어선 골목을 둘이서 뛰었다. 해가 뜨지 않아 골목은 인적이 없었다. 가로등만 호젓하게 서 있다. 얼굴에 부딪히는 바람이 아직 쌀쌀했다. 텅 빈 골목에 발소리가 울려 퍼졌다. 모퉁이를 돌자 눈앞에 주민센터 건물이 나타났다. 청소부 아저씨가 바닥을 쓸고 있었다.

"수고하십니다."

할아버지가 인사를 건넸다.

"아, 예. 안녕하세요."

청소부 아저씨가 환하게 웃었다.

"수고하세요."

나도 달려가며 고개를 꾸벅했다. 주민센터가 뒤로 멀어졌다. 여느 때처럼 뒷산으로 향했다. 이제 조금씩 정신이 들었다. 그래도 아직 몸이 무거웠다. 바닥을 차며 가쁘게 숨을 쉬었다. 산길에 접어들었을 때 주위가 어슴푸레해지기 시작했다.

위에서 약수통을 든 사람들이 내려왔다.

"안녕하세요."

"예, 안녕하세요."

서로 비켜 가며 인사를 나눴다. 누가 좁은 산길을 달려 내려왔다. 후드티 모자를 눌러쓴 사람이었다. 옆으로 물러서자 후드티는 가볍게 뛰어 사라졌다. 이제부터 오르막이었다. 구불구불한 비탈길을 달려 올라가며 숨을 헐떡였다. 몸은 땀으로 범벅. 목이 탔다.

드디어 약수터였다. 할아버지가 약수를 떠서 마시고는 물이 담긴 바가지를 내게 건네주었다.

"아아, 시원하다. 너도 마셔라."

"예."

바가지에 입을 댔다. 목을 타고 넘어가는 물이 짜릿했다. 이제야 살 것 같았다.

"날씨가 많이 풀린 것 같구나."

할아버지가 주위를 둘러보며 말했다.

"네, 지난주보단 많이 풀렸는데요."

"뛸 만하지?"

"예. 지난주보다 훨 나아요."

몸을 쭉 폈다. 멀리 산등성이 위로 붉은 해가 떠올랐다. 아침 햇살이 나무들 사이로 퍼졌다. 연두색 잎사귀들이 반짝반짝 빛났다. 한동안 꽃샘추위가 계속되더니 이번 주 들어 풀렸다. 산은 볼 때마다 옷을 갈아입고 있다. 한껏 숨을 들이쉬었다. 축축한 흙냄새와 풀냄새가 코가 미어지도록 났다.

할아버지가 약수터 뒤쪽으로 걸어갔다. 이끼 낀 계단을 올라가면 작은 절이 있다. 법당문이 활짝 열려 있다. 신발을 벗고 법당 안으로 들어갔다. 할아버지의 옆에 무릎을 꿇고 앉았다. 눈을 감고 숨을 골랐다.

"나무아미타불, 관세음보살."

할아버지의 입에서 중얼중얼 염불 소리가 흘러나왔다. 안에서 향냄새가 나고 처마의 풍경이 뎅뎅 울렸다.

1 보통 가족

종례가 끝나는 벨이 울렸다.

"자, 오늘은 여기서 끝. 반장."

반장이 벌떡 일어나 소리쳤다.

"차렷. 경례."

"감사합니다."

담임이 나가자마자 교실은 금세 시끌시끌해졌다.

"야, 두 마디다, 두 마디."

뒤에서 하경이가 등을 쳤다.

"뭐?"

"야, 방금 두 마디 지나갔어."

녀석의 얼굴이 벌게져 있다. 복도 쪽을 보자 애들이 떠들고 있었다.

"두 마디가 뭐?"

"너 두 마디 몰라?"

"몰라. 그게 뭔데."

"야, 얼마 전에 전학 온 여자애. 걔 별명이 두 마디잖아."

"별명 이상하네."

가방을 싸며 시큰둥하게 대꾸했다.

"야, 너 걔 얘기 하나도 못 들었어?"

하경이가 눈을 데굴거리며 물었다.

"야, 내가 넌 줄 아냐?"

"내가 뭐?"

"넌 여자에 대해서 모르는 거 없잖아."

"내가 여자에 대해서 모르는 게 없는 게 아니라 우리 학교의 학생들에 대해서 알려고 하는 거지."

"특히 여자에 대해서만."

"어쩔 수 없잖아. 여자들이 날 좋아하는데."

하경이 어깨를 거들먹거렸다.

"근데 별명 특이하네. 두 마디라니, 뭐가 그래."

"아아, 그거. 수업시간 말고 걔한테서 두 마디 이상 들어본 사람이 없대서 두 마디야."

"그렇다고 그런 별명을 갖다 붙이냐"

“그것뿐인 줄 알아?”

“뭐?”

“걔한테 사귀자고 한 선배들이 줄줄이 차였대. 그때도 걔가 한 마디만 하더래.”

“뭐라고?”

“싫어요.”

가방의 지퍼를 닫다가 풋 하고 웃음이 터졌다.

“야 근데 선배들이 왜 그렇게 사귀자고 했어?”

“엄청 이쁘거든.”

“얼마나 이쁘길래.”

고개를 설레설레 저었다.

“박평재. 너도 보면 그런 소리 못 할걸.”

하경이가 큰소리를 쳤다.

“누가누가 대시했는데?”

“들리는 얘기론 뭐 학생회장.”

“에, 그 형이? 그 형은 여자들한테 인기 많잖아.”

“어.”

“뭐라고 차였대?”

“싫대.”

“그리고 또?”

“축구부장.”

"그 형도 장난 아닌데, 인기."

"장난 아니지."

하경이 어깨를 으쓱했다.

"딴 학교 여자들도 쫓아오고 난리잖아."

"그지."

"근데 그 형도 차였대."

"뭐라고 차였는데?"

"싫대."

또다시 풋 하고 웃음이 터졌다.

"그래서 포기했대?"

"아니, 당연히 계속 대시했지."

"그래?"

"학생회장 다섯 번."

"헐."

"축구부장은 열 번도 넘을걸."

"근데 다 싫대?"

"어."

"야, 진짜 대단하다."

가방을 들고 자리에서 일어섰다.

"너도 보면 정신 못 차릴 거야."

하경이 뒤따라오며 속사포처럼 떠들었다.

"아마 우리 학교 웬만한 남자들은 다 대시해봤을걸?"

"에이, 설마."

"진짜라니까. 미인이니까 힘든 거지, 뭐. 그나저나 너도 참."

"뭐?"

"그런 미녀 소문도 못 듣고 말야. 넌 대체 학교 뭐 하러 다니냐? 진짜 수업시간에 수업만 듣냐?"

"뭐 네가 다 얘기하잖아. 내가 따로 알 필요 없잖아."

복도를 걸어가는데 하경이 물었다.

"야, 너 이따가 뭐해?"

"할아버지랑 봉사활동 가야 돼."

"또?"

하경이 입을 쩍 벌렸다. 전화가 울려서 받아보니 할아버지였다.

"네, 지금 가고 있어요."

"야, 너 자봉 점수 한참 남겠다."

"응. 좀 줄까?"

"필요 없어. 나 대학 안 간다니까."

하경이 빙글빙글 웃으며 말했다. 처음 그 말을 들었을 때는 농담인 줄 알았다. 하지만 녀석의 생각은 변함이 없다. 대학 나와봤자 취직하기도 힘든데 일찌감치 돈이나 벌겠단다.

"그래, 속 편해서 좋겠다. 나도 너처럼 내 맘대로 할 수 있으면 좋겠는데."

"야, 넌 돈 많은 할배 있잖아."

하경이 툭 쳤다.

"할아버지가 부자지, 내가 부자야?"

"야, 그래도 언젠가 네 게 되잖아. 그때 되면 너 건물 세 받으면서 살면 되지. 그게 내 꿈인데 말야. 부동산 임대업."

"참 꿈 한번 현실적이네."

그 말에 하경이 빙긋거렸다. 둘이서 스탠드를 내려왔다. 축구부가 운동장에서 연습시합을 하고 있었다. 마침 축구부장이 쏜 골이 골대를 흔들자 스탠드 앞에 앉아 있던 여자애들이 일제히 환호하며 펄쩍펄쩍 뛰었다. 하경이 부럽다는 듯 그쪽을 쳐다보았다. 운동장을 가로질러 교문으로 향했다.

"야, 한번 제껴."

"안 돼."

"왜?"

폰의 위치 앱을 띄워 보여주었다.

"망했네."

하경이 쩝 소리를 냈다.

"장손이니까 무슨 일 생겼을 때 대비해서 필요하단다."

"불쌍한 놈."

하경이 머리를 저었다.

교문 앞에서 할아버지가 경비 아저씨와 얘기를 하고 있었다. 어깨에 커다란 가방을 짊어지고 있다. 떡 벌어진 어깨. 튼튼한 다리. 여든 살 노인이라고는 믿어지지 않을 정도로 활력이 넘쳐 보인다.

"할아버지, 안녕하세요."

하경이 쫓아가 꾸벅했다.

"어, 그래. 하경이구나."

얼굴 가득 웃음을 짓고 쳐다봤다.

"평재랑 자원봉사 가신다면서요?"

"응. 그래."

횡단보도 앞에서 할아버지가 하경을 돌아보았다.

"너도 안 바쁘면 같이 가자."

"전 알바 있어서 가야 돼요."

아쉬운 표정으로 고개를 저었다. 내가 팔로 X를 만들었다. 너 오늘 없잖아, 하고. 하경이가 혀를 날름하더니 도망쳤다.

고가도로 위로 전철이 덜컹덜컹 지나갔다. 비좁고 후미진 골목으로 들어가 한참 올라갔다. 가파른 계단이 나왔다. 폭이 좁고 시멘트가 패여 있다. 계단을 올라가면 또 좁은 골목이다. 길을 따라 판자문들이 줄줄이 늘어서 있다. 어떤 집의 문을 두드렸다.

"누구여?"

안에서 머리가 허연 노인이 고개를 내밀었다.

"문짝 고장 났다면서요?"

할아버지가 물었다.

"예. 또 말썽이네요. 당최 닫히질 않아요."

노인이 얼굴을 찌푸리며 대답했다.

"그럼 어디 좀 볼까요?"

"예, 예. 들어오세요."

활짝 문을 열었다. 할아버지가 가방을 내려놓고 문 앞에 앉았다. 문짝을 이리저리 움직여보더니 가방 속에서 드라이버를 꺼냈다.

"여기 좀 잡아라."

"예."

손으로 얼른 문을 붙잡았다. 할아버지가 녹슨 경첩을 떼어내고 새로 갈아 끼웠다. 금세 뚝딱뚝딱 고쳤다. 다시 문짝을 움직이며 노인을 돌아보았다.

"고쳤으니까 한번 보세요."

"아, 되네요."

노인이 문을 여닫으며 표정이 환해졌다.

"또 이상 있으면 연락 주시고요."

"예. 번번이 폐를 끼쳐서…."

바깥까지 따라 나오며 고개를 숙였다.

"들어가세요."

"예, 예. 감사합니다."

몇 군데를 더 돌았다. 어떤 집은 형광등을 갈아주고 또 어떤 집은 흔들리는 상다리를 고쳐주었다. 또 다른 집에서는 막힌 하수구를 뚫었다. 할아버지는 혼자서 그런 일들을 척척 해냈다.

집으로 돌아가는 길. 할아버지가 가다 말고 마트 앞에서 멈춰 섰다. 주차장 쪽을 보는가 싶더니 그쪽으로 갔다. 앞쪽의 장애인 자리에 세운 차에서 젊은 여자가 폴짝 뛰어내리고 뒤따라 젊은 남자가 내리고 있었다. 둘 다 장애인이 아니었다.

"어, 거기 장애인 주차장이야."

할아버지의 말에 젊은 남자가 귀찮다는 표정으로 쳐다봤다.

"뭔 상관이에요? 바쁜데."

"어, 그래? 알겠어."

할아버지는 별다른 말 없이 스마트폰을 꺼내 들었다.

"어, 할아버지 지금 뭐 하시는 거예요?"

"응. 신고하려고. 바쁘다면서 가봐."

할아버지가 휘휘 손을 내저었다.

"아, 지금 뭐 하시는 거냐고요."

"장애인 자리 주차위반 했으니까 신고해야지."

"아씨, 할아버지."

"그냥 가라고. 바쁘다면서."

"아, 빼면 될 거 아녜요. 빼면."

남자가 소리를 빽 지르며 후다닥 운전석에 올라앉아 차를 뺐다. 그리곤 텅텅 비어 있는 다른 자리에 차를 댔다. 할아버지가 그걸 보고 걸음을 옮겼다.

저녁을 먹고 나서 5층으로 올라갔다. 거실에 상을 펴놓고 마주 앉았다. 작년까지는 논어, 지금은 장자를 읽고 있다.

"勞神明爲一 而不知其同也 謂之朝三 何謂朝三 曰 狙公賦芧曰 朝三而暮四 衆狙皆怒 曰 然則朝四而暮三 衆狙皆悅 名實未虧而喜怒爲用 亦因是也 是以聖人和之以是非 而休乎天鈞 是之謂兩行."

할아버지가 낭랑한 소리로 한자를 읽었다.

"오냐. 이게 무슨 뜻이냐?"

"조삼모사 얘기인데요. 원숭이를 키우는 사람이 도토리를 주면서 아침에 셋, 저녁에 넷을 주겠다고 했더니 원숭이들이 모두 화를 냈습니다. 그래서 이 사람이 아침에 넷, 저녁에 셋을 주겠다고 하니까 원숭이들이 모두 좋아했다는 얘깁니다."

책을 보면서 대답했다.

"응, 많이 들어본 얘기지."

"네. 조삼모사 얘긴 다 아는 거잖아요."

고개를 끄덕이며 할아버지를 봤다.

"그래, 그럼. 이 얘기를 듣고 느껴지는 건 뭐야?"

"잔꾀에 대해서 말하는 거 아닐까요. 아침에 세 개 준다고 했다가 화내니까 네 개 준다고 하고."

"그래?"

"네. 원숭이들을 말장난으로 속이는 거잖아요."

"그럼, 또 다른 건 없을까?"

"다른 거요?"

머리를 갸웃하다가 눈이 마주쳤다.

"모르겠는데요."

"원숭이들이 좋아했잖아."

"그렇죠. 근데 그거야 원숭이들이 멍청하니까…"

"그래도 원숭이들이 좋아했잖아. 이걸 조금만 다른 시각으로 보자. 그럼 내 생각만 강요하지 말고 상대가 원하는 대로 해주라는 소리 아닐까."

"그럴 수 있겠네요. 저는 속임수에 넘어가는 원숭이들이 멍청하다고만 생각했는데."

머리를 긁적였다.

"응, 그렇게 볼 수도 있겠지. 그런데 시각을 조금 바꿔 생각하면 처세술이라고도 할 수 있을 거 같아."

"처세술요?"

"응. 원숭이 키우는 사람은 원숭이들이 하자는 대로 하면서 불만도 잠재우고 서로의 신뢰도 안 깼잖아. 이 사람은 원숭이들하고 소통을 하려고 했어."

"아하, 그러네요."

"여기서 더 나아가면 사람들 간의 소통에 대해서도 생각해 볼 수 있겠구나."

"아, 그러네요. 사람 사이의 소통."

머리를 끄덕하다가 어떤 생각이 떠올랐다.

"근데 할아버지."

"오냐."

"원숭이들이 도토리만 세 개, 네 개 먹으면 배고프지 않아요?"

"당연히 고프겠지."

할아버지가 웃음을 터트렸다.

"간에 기별도 안 가겠구나."

"그리고 원숭이들이 바나나를 좋아할 텐데 왜 도토리로 했을까요?"

고개를 갸웃한다.

"바나나가 없었나 부지."

"아… 하긴 원숭이가 사람 말을 알아들었다는 게 말이 안 되죠."

그 소리에 할아버지가 웃었다.

2 옥상 소나타

터벅터벅 골목으로 접어들었다. 상가주택 앞에 스쿠터가 서 있고 자전거가 안 보였다. 할아버지가 어디 가까운 곳에 다니러 간 모양이었다. 1층 식당의 문이 활짝 열려 있다. 탁자를 닦고 있던 아줌마가 돌아보다가 눈이 마주치자 싱긋 웃었다. 고개를 꾸벅하고 나서 상가주택 계단을 올라갔다.

우리 가족은 여기 상가주택에 살고 있다. 1층은 식당, 2층과 3층은 사무실이다. 계단을 올라가는데 두꺼운 회색 문 너머로 전화벨 소리가 들렸다. 4층에 올라와 계단 앞의 검은색 철 대문을 열었다. 끼익 소리가 났다. 4층은 우리 집, 할아버지는 5층에 사신다. 영재 삼촌은 옥탑방으로 쫓겨난 눈치고.

집에서는 엄마가 불고기를 재고 있었다. 퇴근하자마자 부리나케 옷만 갈아입고 저녁을 준비하고 있는 모습이다. 엄마는 공기업에 다니고 아버지 역시 공기업에 다닌다. 아버지는 아직 돌아오지 않은 듯했다.

"어, 고기야?"

냉장고의 문을 열며 소리쳤다.

"응. 오늘은 일찍 왔네?"

"어. 단축 수업."

우유를 꺼내 벌컥벌컥 마셨다. 엄마가 양념한 고기를 통에 담았다. 달걀을 꺼내 움푹한 그릇에 톡톡 깼다. 빠르게 휘저었다. 그리곤 싱크대에 수북하게 쌓인 야채 껍질을 치우기 시작했다. 은혜는 아직 학원에서 안 온 모양이었다. 입가에 묻은 우유를 문지르는데 현관으로 할아버지가 들어왔다. 엄마가 얼른 현관으로 쫓아나갔다.

"아버님. 이제 오세요?"

"다녀오셨어요?"

나도 할아버지한테 인사했다.

"오냐."

"아버님, 시장하시지요?"

엄마가 주방으로 종종걸음 쳤다. 식사는 항상 우리 집에서 한다.

"오늘은 외식하자."

“아, 예, 뭐 드시고 싶은 거 있으세요?”

“그래, 청국장이나 먹자꾸나.”

할아버지가 현관에 서서 말했다. 아쉬워서 주방 쪽을 봤다. 난 고기가 좋은데. 엄마는 여태 준비하던 것들을 몽땅 냉장고에 집어넣었다.

“예. 아버님, 가시죠.”

엄마가 앞치마를 벗었다. 할아버지의 말이라면 무조건 예, 였다. 함께 계단을 내려갔다. 어딜 가나 했더니 역시나 1층의 식당이었다. 아줌마가 할아버지를 보고 반가워했다.

“어서 오세요.”

“응, 청국장 생각이 나서.”

“호호. 이쪽으로 앉으세요.”

아줌마가 웃으며 자리로 안내했다. 식당에는 사람들이 별로 없었다. 아줌마가 청국장과 반찬을 가져와 상에 늘어놓았다.

“요새 장사는 좀 어때?”

할아버지가 수저를 들며 물었다.

“아, 말도 마세요. 요새 영 아니네요.”

아줌마가 한숨을 푹푹 쉬며 말했다.

“재개발이 빨리 되면 모를까. 그게 계속 미뤄지면서 요즘 더 없는 것 같아요.”

"허허. 그래?"

"그나마 재개발되면 좀 낫겠죠. 사람들도 많이 왔다 갔다 할 거고."

"응, 그렇겠지."

할아버지가 썰렁한 식당을 둘러보며 말했다.

저녁을 먹고 나서 책상 앞에 앉아 있는데 벌써 배가 고팠다. 청국장은 먹고 돌아서면 배가 꺼졌다. 계단으로 저벅저벅 발소리가 울렸다. 영재 삼촌이다. 발소리는 5층을 지나 계속 올라간다. 잠시 후 옥상의 철문이 쿵 하고 닫혔다.

책과 참고서를 끼고 방을 나왔다. 주방에 있던 엄마가 날 불러 세웠다.

"공부하러 가니?"

"응."

"이거 삼촌 갖다 줘라."

엄마가 플라스틱 통을 건네주었다. 뭐가 들었나 봤더니 저녁에 재운 불고기였다. 입에 침이 고였다. 계단을 올라갔다. 5층 문틈으로 희미하게 TV 소리와 함께 끙 하는 신음이 흘러나왔다. 할아버지가 또 건강 관련 프로그램을 보면서 스트레칭이라도 하고 있는 모양이다. 물탱크 옆 옥탑방의 창에 그림자가 어른거렸다. 문을 두드렸다.

"삼촌."

"어, 왔냐?"

추리닝을 걸친 영재 삼촌이 고개를 내밀었다. 손에 든 걸 보더니 물었다.

"그건 뭐냐?"

"불고기."

"오, 그래? 안 그래도 출출했는데."

영재 삼촌이 슬리퍼를 끌고 나왔다. 평상에 신문지를 깔았다. 옥탑방에 있는 일회용 가스버너와 불판을 꺼내왔다. 고기를 달궈진 불판에 올려놓는다. 치익 하는 소리가 났다. 옆에 내려놓은 참고서를 보더니 영재 삼촌이 물었다.

"문제집은 다 풀었어?"

"응."

"그럼, 오늘은 쉬자."

싱긋하며 쳐다보았다. 영재 삼촌한테 과외를 받지만 공부하는 날도 있고 그냥 노는 날도 있다. 아마 지금처럼 노는 날이 더 많지 싶다. 젓가락을 쥐는 걸 보더니 영재 삼촌이 물었다.

"저녁 안 먹었어?"

"먹었지."

아래층 식당에서 청국장 냄새가 풀풀 올라왔다.

"또?"

영재 삼촌이 코를 싸쥐었다.

"응. 청국장. 배고파 죽겠어."

젓가락으로 열심히 고기를 뒤집었다.

"저 가게 오래갈 것 같냐?"

영재 삼촌이 턱으로 아래를 가리켰다.

"몰라."

고개를 흔들었다. 1층에서 닭백숙 식당을 할 때는 닭백숙을 질리게 먹었다. 어찌나 먹었는지 나중에는 닭 삶는 냄새만 맡아도 메슥거렸다.

"치킨집 안 들어오나? 저녁마다 가서 한잔하면 좋은데."

영재 삼촌이 찹찹 입을 다셨다.

"근데 할아버지가 그런 가게를 내줄 리가 없지."

"하긴 아버지 건물 중에 피자집, 김밥집은 있어도 그 흔한 치킨집은 없네."

무척 아쉽다는 투였다.

"하긴 내가 거기서 왜 마시냐?"

영재 삼촌이 벌떡 일어나 옥탑방 안으로 사라졌다. 한참을 뭉그적거리더니 맥주를 들고 왔다. 내게는 콜라를 던져 주었다.

"치킨 얘기하니까 생각나네."

평상에 자리 잡고 앉아 맥주 캔의 뚜껑을 땄다. 입에 대고

한 모금을 쭉 들이켰다.

"캬, 시원하다."

기분이 좋은지 싱긋 웃었다. 나도 콜라를 마셨다.

"날씨 많이 풀렸네. 봄이야."

"응."

따스한 봄밤이었다. 어디선가 불어온 밤바람이 머리칼을 들췄다.

"지난겨울은 추워 얼어 죽는 줄 알았네."

"그럼 5층 내려가지?"

"춥더라도 그냥 여기 있는 게 낫다."

큰일 날 소리 말라는 듯 삼촌이 손을 흔들었다. 솔솔 맛있는 냄새를 피우며 고기가 익었다. 옥상 위로 둥근 보름달이 떠 있었다. 달빛이 골목을 환하게 비췄다. 오토바이가 소리를 내며 지나갔다.

"삼촌, 여기 있는 게 좋아?"

"여기 좋잖아."

옥상을 두리번거렸다. 노란 물탱크 위로 달빛이 부서졌다. 아닌 게 아니라 보름달이 뜬 옥상은 여느 날과 조금 다르게 보이기도 한다.

"빡토 뭐하냐?"

영재 삼촌이 고기를 씹으며 물었다. 우리 할아버지는 박호재 씨다. 아버지는 수재, 삼촌은 영재, 나는 평재로, 모두 재자 돌림이다. 영재 삼촌은 할아버지가 없는 데서는 늘 할아버지를 빡토, 빡토 했다.

"…운동."

볼이 미어지게 고기를 밀어 넣으며 대답했다.

"하, 노인네 오래 사시겠어."

"언제부터 저렇게 운동하셨어?"

"몰라. 나 어렸을 때부터 저랬어."

영재 삼촌이 고개를 휘휘 저었다.

"북한 가려고 그러시는 거겠지?"

"아마도."

"근데 왜 여태 안 가셨어?"

"나와 형 앞길 막을까 봐 쉬쉬했던 모양이야. 그런데, 어느 날 난데없이 이산가족 상봉 신청을 하는 바람에 모두 알게 됐어."

영재 삼촌이 얼굴을 찌푸렸다. 할아버지는 가족들에게 피해가 갈까 봐 북한 출신이라는 걸 숨겼다고 한다. 하지만 어느덧 여든 살. 이제라도 더 늦기 전에 북한에 가고 싶은 걸까? 갑자기 이산가족 상봉 신청을 한 걸 보면. 그래서 매일매일 몸을 단련하고 있다. 삼촌과 나는 말없이 고기만 먹었다.

"몇 살까지 사실까?"

"글쎄, 한 백 살까지는 사시지 않을까. 백세 시댄데."

"그렇겠지."

한숨을 푹 쉬었다.

"백 살이면 난 서른일곱 살."

"난 쉰일곱 살이네."

영재 삼촌이 젓가락으로 귀를 긁었다. 그때까지 할아버지의 관심은 나겠지. 내가 장손이니까. 영재 삼촌이 결혼해 애를 낳아야지 해방될 텐데. 맞은편의 상가주택 옥상에서 누가 빨래를 걷고 있었다.

"삼촌, 결혼 안 해?"

"왜 또?"

휘익 쳐다본다.

"좋아하는 여자 있다며?"

"그렇다고 다 결혼하냐? 내가 애 낳는다고 너한테 달라지는 거 없어."

"아, 그래도. 조금은 나아지겠지."

"네 인생 조금 나아지라고 날 따르는 여자들 다 포기하고 한 사람하고만 살라고?"

영재 삼촌이 당치도 않다는 듯 머리를 흔들었다.

"언젠간 할 거잖아."

"언젠간 하겠지."

"그러니까 빨리 좀 하면 좋잖아."

"아직 그럴 생각 없다."

"삼촌 서른일곱 살이야."

"그게 무슨 상관인데?"

"아, 그래도 삼촌."

"그럼 네가 가든지."

영재 삼촌이 느물느물 웃었다.

"고등학생이 어떻게?"

"법적으로 가능해. 부모 동의 있으면."

"아, 됐어."

"봐. 너도 싫지? 그러면서 너까지 나한테 결혼하라고 그러냐?"

영재 삼촌이 시큰둥한 얼굴로 팔짱을 꼈다.

"이 자유를 포기하라고? 아니지, 안 돼."

눈을 크게 뜨며 고개를 내저었다. 대기업 다니다 때려치우고 학원 강사를 하고 있는 게 자유로워진 건가?

"삼촌이 조카 위해서 좀 희생해주면 안 돼?"

"안 돼."

딱 잘라 거절한다.

"그러지 말고 네가 가서 날 완전히 해방시켜줘라."

"나 아직 고등학생이라고."

"법적으로 된다니까."

계속 느물거렸다.

"그러지 말고 좀."

"싫어."

"아, 좀."

"안 돼."

"고기도 갖다 줬잖아."

"안 된다니까."

"아, 삼촌. 좋아하는 여자도 있잖아."

"너도 만들면 되잖아. 네 친구 하경이는 잘만 만들더라."

영재 삼촌이 빙글거리며 쳐다봤다.

"우리 둘이 백날 떠들어도 소용없어."

그러면서 평상에 있는 장자 책을 집어 들었다. 팔랑팔랑 넘긴다.

"어디 읽냐?"

"…중도."

"옳지. 내가 지금 중도를 실천하고 있잖아. 어느 여자에게도 치우치지 않고."

영재 삼촌이 무릎을 쳤다. 어이가 없어 쳐다봤다.

"캬, 시원하다."

영재 삼촌이 꿀꺽꿀꺽 맥주를 마시고 나서 입을 훔쳤다.

고개를 들어 밤하늘을 올려다보았다. 둥근 보름달이 불쌍한 놈 하듯 날 보고 있다. 골목으로 스쿠터 소리가 요란하게 울려 퍼졌다.

3 기둥은 괴로워

일요일 아침, 평소처럼 뒷산을 달렸다. 약수터는 사람들로 북적거렸다. 바닥에는 차례를 기다리는 물통들이 줄지어 서 있다. 북적북적하는 건 절도 똑같았다. 평일의 조용하고 한산한 느낌은 온데간데없었다. 법당에 잠깐 들른 후 산을 총총 내려왔다. 집으로 오다가 건널목 저편의 시장 골목으로 빠졌다.

길을 따라 낡은 상가주택들이 늘어서 있다. 우중충한 건물들이 틈도 없이 다닥다닥 붙은 채 낡아가고 있었다. 이곳이 재개발로 묶인 건 4년 전이었다. 사람들이 떠나고 가게들도 하나둘 문을 닫았다. 할아버지는 칠이 벗겨진 건물 안으로 들어갔다. 바깥은 허름해도 계단이고 벽은 아직 멀쩡했다.

벽에 빨간 페인트로 철거라고 써 있었다.

3층으로 올라갔다. 안에서 퀴퀴한 냄새가 났다. 바닥에 쌓인 먼지가 풀풀 일었다. 할아버지가 환기를 시키려는 듯 드르륵 창문을 열었다. 신선한 공기가 밀려들었다. 할아버지는 천천히 안을 돌아다녔다. 방 두 개에 주방이 딸린 상가주택이다. 현관 옆 화장실은 타일이 깨져 있고 시커먼 물때가 끼어 있었다.

"너도 이 집에서 태어났어."

할아버지가 안을 둘러보며 말했다.

"아, 예…."

"여기서 두 살까지 살았는데 평재 기억 안 나지?"

"어, 그렇죠."

머리를 긁적이며 창가로 갔다. 방금 내려온 뒷산이 멀리 보였다. 골목을 보았다. 이 집에서 살았던 기억은 안 나지만 어렸을 때부터 할아버지가 이곳에 자주 데려오긴 했다. 초등학교 때 1층에는 중국집이 있었다. 할아버지는 여기 올 때마다 늘 거기서 짜장면을 사주셨다. 시장 옆이라 언제나 시끄럽고 소란스러웠다. 골목에서는 아이들이 소리치고 뛰어다녔다. 지금은 텅 비었어도 이 건물도 한때 시끌벅적했다. 안을 둘러보았다. 좀 낡았지만 아직 쓸 만한데 꼭 허물어야 되나? 아파트를 지어도 상가는 필요한데 그냥 쓰지 왜 굳이 허물려고 하는 걸까.

“이 집을 샀을 때가 기억난다.”

할아버지가 문의 손잡이를 만지작거렸다.

“여기 내려와 처음 산 집이라 얼마나 벅차던지….”

그때를 생각하는지 목소리가 살짝 떨렸다. 할아버지가 남쪽으로 내려온 것은 한국전쟁 때였다. 먹을 걸 구하려고 가족과 잠깐 떨어졌는데 그길로 영영 이별이었다. 그리고 칠십 년이 흘러갔다. 남쪽으로 내려와 줄곧 우리 동네에 터를 잡고 살았기 때문에 이젠 여기가 고향이나 다름없었다.

계단을 내려오는데 뒤쪽 건물에서 인기척이 났다. 옥상에서 허리가 굽은 할머니가 빨래를 널고 있었다.

“안녕하세요.”

할아버지가 위를 보며 인사했다.

“네, 안녕하세요. 오늘은 일찍 오셨네요.”

할머니가 허리를 펴며 우리를 보았다.

“산에 사람이 많아 빨리 내려왔습니다.”

“아, 그러세요? 언제나 부지런하세요.”

할머니가 수줍게 웃었다.

“아하, 네. 나중에 또 뵙지요.”

할아버지가 인사를 하듯 손을 들며 돌아섰다. 할머니처럼 아직 이곳을 떠나지 않고 남아 있는 사람들이 있었다. 골목을 따라 내려왔다. 할 일이 있어 걸음을 서둘렀다. 집에서 카트를 끌고 나와 건널목 앞까지 갔다. 벌써 자원봉사 차가 와서 기다리고 있었다. 이번 주말은 도시락 배달을 하게 되었다. 할아버지와 함께 올라탔다.

"수고가 많네."

운전석에 앉아 있는 아저씨를 향해 할아버지가 말을 건넸다. 아저씨가 보고 있던 핸드폰에서 고개를 들었다.

"예. 어서 오세요."

"안녕하세요."

내가 인사했다.

"응. 왔어?"

아저씨가 웃으며 고개를 끄덕였다. 우리처럼 자원봉사 하는 아저씨인데 차로 도시락을 가져다준다.

"자, 이제 출발합니다."

아저씨가 소리치며 봉고의 시동을 걸었다. 건널목 앞에서 잠깐 멈춰 섰다. 앞으로 전철이 덜컹덜컹 소리를 내며 지나갔다. 잠시 후 차가 덜컹거리며 건널목을 건너갔다. 후미진 골목 앞에서 차가 멈췄다. 스트로폼 박스에서 도시락을 꺼내 카트에 넣었다. 한 번에 가져갈 수 있는 양만큼만 실었다. 전에 도시락을 쏟은 뒤로 욕심을 버렸다. 카트를 끌고 내렸다. 골목이 좁아 차가 못 들어갔다. 후미진 골목을 카트를 끌고 올라갔다. 한낮인데도 골목이 어두컴컴했다. 옆의 높은 건물들이 햇빛을 막고 있었다.

깎아지른 계단이 눈앞에 나타났다. 카트를 끌고 계단을 조심조심 올라갔다. 힘이 배로 들었다. 비탈길에 집들이 다닥다닥 붙어 있었다. 문도 쪽문이다. 한 집의 문을 두드렸다. 안에서 신발 끄는 소리가 나고 노인이 나왔다.

"안녕하세요."

큰소리로 인사했다.

"도시락 배달 왔어요."

"응… 번번이, 고마워."

이가 빠진 입으로 웃었다.

다시 옆집으로 카트를 끌었다. 소리를 들었는지 비탈길 집의 문들이 하나둘 열렸다. 사람들이 나왔다. 대부분 혼자 사는 할아버지와 할머니들이다. 들고 온 도시락이 금세 동이 났다. 다시 카트를 끌고 계단을 달려 내려갔다. 등 뒤로 땀이 툭툭 떨어졌다. 다시 도시락을 챙겨 나머지 집들을 차례차례 돌았다. 빈 카트를 끌고 돌아올 때 온몸이 흠뻑 젖어 있었다.

"덥지?"

"예."

할아버지가 차가운 물병을 건네주었다. 입에 대고 단숨에 들이켰다. 아, 살겠다. 시원한 물을 마시며 한숨 돌렸다. 봉고차가 재개발구역을 향해 달렸다. 땀을 식히려고 창을 열었다. 후덥지근한 바람이 머리칼을 헝클어트렸다. 시장 골목으로 들어서자 봉고가 속도를 떨어뜨렸다. 상가주택 단지 앞에 멈춰 섰다. 카트에 도시락을 싣고 차에서 내렸다. 이번에는 할아버지도 같이 내렸다. 아직 사람이 살고 있는 몇 집을 돌았다.

아침에 만났던 할머니가 상가주택 현관 앞에서 기다리고 있었다. 도시락을 받아들더니 뭘 수줍게 내밀었다.

"이거."

할머니가 건넨 것은 사탕이었다.

"고맙습니다."

꾸벅하며 받아들었다. 오래 쥐고 있었던 듯 사탕이 끈적거렸다. 할머니가 흐뭇한 얼굴로 고개를 끄덕였다. 골목 모퉁이를 돌아서는데 할머니가 손을 흔들었다. 나도 손을 흔들었다. 일이 끝났다고 생각하니까 다리가 푹 꺾였다. 차 있는 데까지 카트를 끌고 터덜터덜 걸었다.

"힘드냐?"

"어, 괜찮아요."

얼굴의 땀을 닦으며 머리를 흔들었다. 어디선가 매캐한 냄새가 났다. 고개를 돌리자 애들이 빈집 계단에 걸터앉아 담배를 피우고 있었다. 낯익은 얼굴이 보였다. 우리 동네 최씨 할아버지의 손자였다. 우리 학교 유도부원인데 머리를 노랗게 물들이고 다녔다. 눈이 마주치자 노랑머리가 잡아먹을 듯 노려보았다.

"이리와 봐."

할아버지가 애들에게 손짓했다. 애들은 또 저 할아버지야? 하는 표정들이었다. 하나둘 부루퉁한 얼굴로 계단을 내려왔다.

"너희들 담배 피지 말라고 했지?"

할아버지가 뒷짐을 지고 서서 꾸중했다. 참 요새는 운동선수도 애들한테 뭐라고 안 하는데 대단하다. 모두 고개를 숙이고 있다. 여기서 걸린 게 한두 번이 아닌데 꼭 여기서 피냐. 머리가 나쁜 녀석들이었다.

"성인 되면 누가 뭐라 하지도 않아. 꼭 지금 피워야겠어?"

"…."

애들은 고개를 푹 숙인 채 입을 다물고 있다. 얼른 빨리 지나가라 하는 분위기였다.

"경찰한테 여기 순찰을 강화시켜달라고 요청해야겠네."

할아버지가 들으라는 듯 그렇게 말했다. 걸어가는데 뒤통수가 찌릿했다. 돌아보자 노랑머리가 내게 주먹을 흔들고 있었다.

일요일 저녁이라 온 식구가 밥상에 둘러앉았다. 늦게 온 은혜가 허둥지둥 자리에 앉았다.

"어, 갈비네."

소리치며 젓가락을 갈비 접시로 가져갔다.

"얘, 은혜야."

엄마가 눈빛으로 나무랐다. 아버지가 할아버지에게 권했다.

"아버님, 드시죠."

"그럴까?"

할아버지가 수저를 들자 그제야 우리도 밥을 먹기 시작했다.

"수재 먹거라."

할아버지가 갈비 접시를 아버지 앞으로 밀었다. 항상 맛있는 반찬은 아버지가 먼저다.

"요새 일이 많으냐?"

"예. 곧 감사가 있어서요."

아버지가 수저로 국물을 뜨며 말했다. 그래서 요새 자주 안 보인다.

"그럼, 정신없겠구나."

"예, 조금요."

아버지가 고개를 끄덕였다.

"평재도 먹거라."

할아버지가 내 쪽으로 갈비 접시를 밀었다. 옆에서 은혜가 뾰로통해졌다.

"할아버지는 맨날 오빠만 챙겨."

"평재는 우리 집 기둥이야."

그 소리에 은혜가 토라진 표정을 지었다.

"금요일 오후에 어디 좀 같이 가자."

할아버지가 날 보았다.

"어디요?"

"핸드폰 좀 바꾸게. 요새 눈이 침침해서 작은 글자가 잘 안 보여."

"저 자율학습 있는데."

"내가 선생한테 말씀드려 놓을게."

"근데 저는 왜요?"

"너도 같이 바꾸게."

"저 지금 것도 쓸 만한데요."

"나 바꿀 때 같이 바꿔. 기종 틀리면 복잡한 것 많더라."

할아버지가 컵에 물을 따르며 말했다. 또 감시 앱 깔려고 그러나. 반경 200미터 어디나 잡히는. 80세 할아버지가 스마트폰을 자유자재로 다룬다.

"그럼, 저 XX폰으로 하면 안 돼요?"

"기계 거기서 거긴데 그냥 같은 걸로 해."

"…예."

"할아버지, 나도."

은혜가 옆에서 졸랐다.

"넌 안 돼."

"할아버진 맨날 오빠만 챙겨주고."

은혜가 입을 비죽 내밀었다.

"전화기가 한두 푼도 아니고 자주 바꾸는 거 아냐."

할아버지가 은혜를 타일렀다.

"너 아직 약정도 안 끝났지."

"그럼, 오빠는요?"

"평재는 약정 끝났잖아."

"피, 할아버지는 맨날 오빠만 챙겨주고."

은혜가 볼을 부풀렸다.

"평재는 우리 집 장손이잖아."

"내 친구들 다 신형으로 바꿨는데."

은혜가 투덜거렸다.

"넌 약정 끝나면 얘기해."

"피, 나도 바꾸고 싶은데."

부루퉁한 표정으로 날 흘겨보았다.

"할아버지 말씀대로 해. 이따 아빠랑 얘기 좀 하자."

아버지가 수저를 내려놓으며 은혜를 보았다. 그 소리에 은혜가 눈을 반짝거렸다. 혹시 아빠가 바꿔주려나 하는 기대에 찬 표정이었다. 저녁밥을 깨작거렸다. 뛰어다니느라 지쳤는지 입맛이 없었다. 계속 물만 들이켰다. 아, 기둥은 괴롭다, 괴로워.

4 하인리히 법칙

2교시 수업이 끝나는 벨이 울렸다. 선생님이 나가기도 전에 애들이 우르르 교실을 빠져나갔다. 자던 애들이 벌떡벌떡 일어나 교실 안을 돌아다녔다. 좀비처럼 돌아다니다가 수업 시작 벨이 울리면 또다시 엎어졌다. 뒤에서 하경이가 등을 툭 쳤다.

"야, 매점 가자."

"그럴까?"

둘이서 매점으로 갔다. 핫도그를 사서 한입에 먹어치웠다. 그래도 아쉬워 하나 더 샀다. 핫도그를 물고 매점 앞의 데크에 앉았다. 하경이 주위를 둘러보며 팔을 쭉 뻗었다.

"날씨 좋네. 학교에 짱 박혀 있기 아까운 날씨야."

"그래서?"

"데이트하면 죽이지."

입가에 묻은 케첩을 핥으며 씩 웃었다.

"새 여친도 생겼고."

"뭐? 새 여친?"

우물거리던 핫도그를 꿀꺽 삼켰다.

"지금 만나는 애는 어쩌고?"

"아디오스."

하경이 손에 쥔 막대기를 지휘봉처럼 흔들었다.

"야, 만난 지 얼마나 됐다고?"

"백일. 쫑날 때 됐지, 뭐."

어이가 없어서 쳐다봤다. 누가 바람둥이 아니랄까 봐 여자와 만나는 시간이 점점 짧아지고 있다. 교실로 가려고 매점 앞의 계단을 내려왔다.

"어떻게 만났는지 안 물어보냐?"

"응. 어떻게 만났는데?"

녀석에게 고개를 돌렸다.

"알바하는 편의점. 우리랑 같은 학년이야."

"뭐? 걔도 거기서 일해?"

"아니. 손님으로 왔지."

씨익 웃었다. 참 재주도 좋다는 생각이 든다.

"이뻐?"

"이쁘지. 내가 안 이쁜 여자 만나는 것 봤냐?"

느물느물 웃었다.

"걔가 날 보고 먼저 웃더라고."

"그래서?"

"전화번호 따냈지."

하경이 손에 들고 있던 막대기를 피융 날렸다. 그때 속이 싸르르 했다. 왜 이러지? 손으로 배를 문질렀다. 막 교실로 들어서는데 수업 시작 벨이 울려 퍼졌다. 여기저기 싸돌아다니던 좀비들이 책상에 퍽퍽 엎어졌다.

3교시가 끝나고 화장실 소변기 앞에 하경과 나란히 서 있었다. 오줌 방울이 소변기 안으로 떨어졌다.

"장사를 해야 하는데."

하경이 이쪽 소변기를 흘끔거리며 말했다.

"갑자기 뭔 장사?"

"돈 벌려면 장사를 해야 된다고. 우리 아버지 만년 회사원인데 돈 못 벌잖아. 돈 벌려면 장사가 최고지."

하경이 건들거리며 말했다.

"돈 많이 벌어서 하고 싶은 거 다 할 거야."

"어련하겠냐."

지퍼를 올리는데 갑자기 속이 뒤집혔다. 그대로 바지춤을 잡고 칸막이 안으로 뛰어들었다. 하경이 바깥에서 소리쳤다.

"야, 작은 거 보다가 큰 건 또 뭐냐?"

"아, 몰라. 아까 핫도그 잘못 먹었나 봐."

"그래? 왜 그러지? 난 괜찮은데."

"몰라."

변기에 걸터앉아서 몸을 웅크렸다. 속이 쥐어짠 듯 뒤틀렸다. 그게 시작이었다. 쉬는 시간마다 화장실로 달려갔다. 역시 핫도그가 문제였나? 그리고 점심 먹자마자 또 화장실. 그 이후는 물도 마시지 않았다. 종례시간에 화장실에 쫓아갔다가 돌아오자 담임이 벌써 교실에 들어와 있었다.

"2학년 올라가면 대학 어디 갈지 정하고. 목표하는 대학과 학과 정해서 중점적으로 공부해야 하는 과목들 미리미리 준비해라."

교탁에 손을 짚고 서서 잔소리를 늘어놓았다.

"곧 중간고사인데 열심히들 해라."

담임이 판에 박힌 소리를 하고 교실을 나갔다. 하경이 등을 쿡쿡 찔렀다. 돌아보자 심드렁한 표정이었다.

"너네 할배 너 대학 가도 그런 장잔지 뭔지 하는 책들 읽게 할까?"

"의대 가도 읽게 할 거다."

볼펜으로 머리를 툭툭 쳤다. 청소를 하려는 듯 뒤에서 책상을 끌기 시작했다. 의자와 책상 부딪치는 소리가 요란하게 울려 퍼졌다.

"야, 얼른 청소나 하자."

잽싸게 대걸레를 빨아왔다. 바닥을 닦는데 팔에 힘이 하나도 없었다. 계속 화장실만 들락거렸더니 그런 모양이었다. 몸에서 수분이 전부 빠져나가 버린 듯한 기분이었다. 청소를 마치고 학교를 나왔다. 길가의 가로수의 잎들이 그새 무성해지고 있었다.

분식점 앞을 지나가는데 배가 고팠다. 고소한 튀김 기름 냄새가 확 날아왔다.

"배고프다. 뭐 좀 먹고 갈까?"

"그래."

하경이 분식점 안으로 쫄레쫄레 따라 들어왔다. 벽 쪽 의자에 마주 앉았다. 앞에서 왔다 갔다 하던 아줌마가 돌아보았다.

"뭐 줄까?"

"난 떡볶이."

하경이 말했다.

"떡볶이하고 튀김, 주세요."

아줌마를 향해 소리쳤다. 옆자리에서 순대를 먹고 있었다. 그걸 보자 군침이 넘어갔다.

"순대도 주세요."

"응, 알았어."

아줌마가 대답했다. 잠시 후 탁자에 놓인 음식을 허겁지겁 먹고 있었다. 하경이 나를 빤히 쳐다보았다.

"야, 너 그렇게 먹어도 되겠어?"

"괜찮아. 배고파 죽겠어."

손을 내저으며 그릇에 있는 음식들을 싹싹 비웠다. 다 먹고 나서 정수기의 시원한 물을 쭉 들이켰다.

"아, 살겠다."

그걸 보더니 하경이 머리를 설레설레 저었다. 학원 앞 사거리에서 헤어졌다. 하경은 알바하러 간다고 서둘러 사라졌다.

영어학원은 건물의 2층과 3층을 쓰고 있었다. 원어민 강사가 처음부터 끝까지 영어로만 떠든다. 계단을 올라가는데 속이 꾸륵 했다. 허둥지둥 2층의 화장실로 뛰어갔다. 오늘따라 안이 붐비고 있었다. 아뿔싸. 다시 계단을 뛰어 올라갔다. 여기도 사람이 많았다. 4층은 학원이 없어 덜 붐비는 편이었다. 다시 위층으로 달렸다. 복도 끄트머리에 남녀 공용 화장실이 있었다. 아직 시간 괜찮겠지? 숨을 몰아쉬며 손목의 시계를 보며 한 손으로 문을 잡아당겼다. 순간 입술에 뭐가 와 닿았다. 깜짝 놀라 반사적으로 밀치는데 손에 뭔가 물컹했다. 어어, 뭐야. 그 순간 눈앞에서 불이 번쩍했다.

어디서 핸드폰 벨 소리가 시끄럽게 울리고 있었다. 나는 지저분한 화장실 바닥에 죽 뻗어 있었다. 겨우 일어나서 주머니에 핸드폰을 꺼냈다.

"어디냐?"

할아버지다.

"…어, 학원요."

"오늘은 좀 늦네."

얼른 시간을 보았다. 아, 벌써 이렇게 됐나?

"어, 보충 있어서요. 이제 가요."

서둘러 둘러대고는 전화를 끊었다. 눈이 욱신거려 거울을 봤다. 오른쪽 눈가가 불그죽죽했다. 아, 이게 뭐야. 눈이 왜 이래? 거울로 바싹 다가섰다. 한순간 정신을 잃어버린 것 같았다. 그 바람에 무슨 일이 생겼는지 알 수가 없었다. 누구한테 맞은 건지, 문을 열어젖힐 때 문짝에 찍히기라도 한 건지 모르겠다. 하필 왜 내게 이런 일이 일어났을까. 벌게진 눈을 보며 한숨을 푹 쉬었다. 그리곤 저만큼 떨어져 있는 가방을 집어 들고 툭툭 털었다.

거울 앞에서 눈을 감추려고 머리카락을 내렸다. 이쪽으로 내렸다가 다시 다른 쪽으로 했다. 머리칼이 짧아 덮이지가 앉았다. 한참 손으로 머리를 만지고 있는데 책상 위의 핸드폰에서 알람이 울렸다. 한숨을 푹 쉬고는 책꽂이의 책을 빼 들었다. 옆구리에 끼고 5층으로 올라갔다. 할아버지는 거실에 상을 펴놓고 기다리고 있었다. 건너편에 앉아 고개를 숙였다.

"얼굴은 왜 그래?"

"…어 …그게."

우물거리며 고개를 더 숙였다.

"싸웠냐?"

"아니요."

"그럼 눈이 왜 그래?"

"…어, 그게, 교실에서 나오던 애와 부딪치는 바람에…"

눈을 내리뜨고 우물우물했다.

"그래."

"네에…."

기어들어 가는 소리로 말했다.

"오늘 어디 할 차례야?"

할아버지가 책을 펼쳤다.

"어, 그게… 양생주 편…"

얼른 책장을 넘겼다.

“爲善無近名 爲惡無近刑 緣督以爲經 可以保身 可以全生 可以養親 可以盡年”

“그래, 착한 일은 어느 정도 하라는 거야?”

“이름이 날 정도로는 하지 말라고요.”

“그럼 나쁜 일은?”

“벌 받을 정도로는 하지 말고요.”

“중도를 따르면 어떻게 된다고 했어?”

“몸을 지킬 수가 있어요.”

“또?”

“온전히 살 수 있고요.”

“그리고?”

“양친을 공양할 수 있어요.”

“아하, 그래. 또?”

“주어진 나이를 다 채울 수 있어요.”

“그래.”

할아버지가 고개를 주억거렸다.

“이 말은 한쪽에 치우치지 않고 중도를 따르라는 거야.”

“근데요, 할아버지.”

“응?”

“중도가 중간만 하라는 소리인가요?”

“아니지.”

할아버지가 머리를 저었다.

“중도란 어디에도 치우치지 않는 것을 말하는 거야. 이를테면 생각하는 방식이나 마음가짐을 얘기하는 거라고 봐야지.”

“아… 예.”

생각하는 방식이나 마음가짐? 점점 알 수가 없다.

“한쪽에 치우치지 않으려면 이것도 저것도 선뜻 결정을 내릴 수 없을 것 같아요. 그러다 보면 결정장애 같은 게 될 수도 있겠는데….”

눈이 안 마주치게 고개를 숙였다.

“하긴 그렇게 볼 수도 있겠구나.”

할아버지가 말했다.

“한쪽에 치우치지 말라고 해서 결정장애가 돼서는 곤란하지.”

“착한 일을 해도 이름이 날 정도로 하지 말라고 했는데, 이건 좀 현실적으로 힘들 것 같아요.”

“왜 그렇지?”

“지금 하고 있는 자원봉사만 해도 그래요. 학교에서 봉사활동 점수를 받고 있고, 주민센터 사람들도 할아버지와 제가 하는 걸 알고 있어요.”

"그렇구나."

수긍이 간다는 듯 고개를 끄덕였다.

"남들이 아는 거야 어쩔 수 없어도 일부러 티내지 말라는 소리겠지."

"아, 근데요, 나쁜 일은 벌 받을 정도로 하지 말라고 하는데, 그럼 벌 받을 정도의 나쁜 일이 아니면 해도 된다는 소린가요?"

문득 눈가가 쿡쿡 쑤셨다.

"넌 어떻게 생각하냐? 벌 받을 정도의 나쁜 일이 아니면 해도 될까?"

할아버지가 빤히 쳐다보았다.

"그건 아니죠."

"그렇지. 내가 잘못된 행동을 하면 딴 사람이 피해를 보는 거야."

"…네."

머리를 끄덕이고 있지만 생각은 딴 데로 갔다. 그나저나 어쩌다 화장실 바닥에서 정신을 잃었을까. 깨어나니 눈은 벌게져 있다. 대체 무슨 일이 있었던 걸까? 문에 부딪힌 거야, 아님 누구한테 맞은 거야? 한숨을 쉬며 책장을 넘겼다.

5 깡패가 나타났다!

운동장에서 축구부가 뛰고 있었다. 벌써 반팔 유니폼 차림이었다. 날이 부쩍 더워졌다. 스탠드 아래도 볕이 따갑게 쏟아졌다. 점심을 먹고 나서 하경과 스탠드 계단에 앉아 있었다. 하늘은 구름 한 점 없이 맑았다. 축구부가 구령 소리에 맞춰 운동장을 뛰었다. 하나, 둘. 하나, 둘. 소리가 멀리 운동장 너머로 퍼져나갔다.

"너 눈 왜 그러냐?"

하경이 어깨를 툭 쳤다.

"어, 문에 부딪혔어."

"야, 조심 좀 하지."

혀를 차며 도리질을 했다.

"괜찮아?"

가까이 들여다봤다.

"눈탱이 밤탱이 됐네. 어디서 그랬냐?"

"학원에서."

"여자 쳐다보다 그랬냐?"

하경이 실실거리며 웃었다.

"내가 너 같은 줄 아냐?"

"하긴. 박평재가 그럴 리가 없지. 누구랑 싸우기라도 했어?"

"몰라."

고개를 저으며 볼멘소리로 대답했다. 눈앞에서 뭐가 번쩍한 것 같은데. 그게 뭐였는지 무슨 일이 있었는지 모르겠다. 그나저나 화장실 바닥에 대자로 뻗다니. 생각만 해도 얼굴이 화끈거린다. 운동장으로 눈을 돌렸다. 축구부가 연습시합을 하다가 잠깐 쉬려는 듯 옆으로 나왔다. 그러자 여자들이 우르르 몰려갔다. 축구부 주장의 팬클럽이었다. 맨 앞의 팬클럽 회장과 옆에 가방을 멘 여자가 둘, 그 뒤로 열댓 명이 뒤를 따랐다. 그리곤 금세 축구부 주장을 둘러쌌다. 한 애가 가방 속에서 수건을 꺼내 팬클럽 회장에게 건네주었다. 팬클럽 회장이 그 수건을 축구부 주장에게 내밀었다. 축구부 주장이 수건으로 땀을 닦았다. 팬클럽 회장은 옆에 딱 붙어서서 쓴 수건을 얼른 건네받아 옆의 애에게 주었다. 이번에는 다른 쪽의 여자에게서 음료수를 건네받아 축구부 주장에게 주었다. 그다음은 아이스팩. 팬클럽 회장은 손 선풍기를 들고 축구부 주장의 얼굴에 바람을 쐬어주고 있다. 쳐다보는 눈이 별이 쏟아질 듯 반짝거렸다.

"나도 축구나 할걸."

하경이 부러운 듯 쳐다봤다.

"열심히 주전자나 들고 뛰고 있겠지."

"뭐?"

하경이 팔꿈치로 내 옆구리를 깠다. 여자들이 축구부장을 에워싸고 있었다. 축구부장도 여자들과 어울려 웃고 있었다.

"저 봐. 축구부장 인기 짱이잖아."

하경이 한숨을 쉬었다. 그때 여자애들에게 둘러싸여 있던 축구부장이 한쪽을 쳐다봤다. 우리도 따라 고개를 돌렸다.

"야, 두 마디다."

하경이 어깨를 쳤다. 저만큼 앞에서 어떤 여자애가 오고 있었다. 어깨를 덮은 까만 생머리가 햇빛에 반짝반짝 빛났다. 검고 커다란 눈과 오뚝한 콧날. 교복 아래 늘씬한 몸이 경쾌하게 움직였다. 아, 눈부시다. 나도 모르게 입을 아, 벌리고 쳐다봤다. 우리 학교에 저런 애가 있었나? 도무지 눈을 뗄 수가 없었다. 나만 그런 게 아니었다. 운동장에 있던 모든 남자들의 눈이 모두 그쪽으로 쏠려 있었다.

축구부장이 미소를 띠며 여자애를 향해 손을 들었다. 하지만 여자애는 무시했다. 눈길조차 주지 않았다. 허리를 꼿꼿이 세우고 그냥 지나쳤다. 축구부장은 미소를 띤 채 계속 그 여자애를 바라보았다. 옆의 팬클럽 여자들이 그 여자애를 도끼눈을 뜨고 쏘아보았다. 여자애가 스탠드 쪽으로 걸어왔다. 계단을 올라가며 우리가 앉아 있는 쪽을 힐끔 쳐다봤다.

"너 봤지?"

하경이 어깨를 때렸다.

"…어? 뭐?"

저만큼 멀어지는 두 마디를 보느라 정신이 없었다.

"야, 야. 정신 차려."

녀석이 내 귀를 잡아당겼다.

"왜 그래?"

녀석의 손을 잡아뗐다. 하경이 신이 나서 떠들었다.

"두 마디가 방금 나 쳐다보는 거 맞지?"

"어, 뭐 그런 것 같은데."

"역시 이놈의 인기는."

하경이 의기양양 소리쳤다.

"됐어. 이제는."

하경이 벌떡 일어나 주먹을 쥐고 흔들었다. 두 마디가 좀 쳐다봤다고 저렇게 좋아하나. 갑자기 뒤통수가 근질거렸다. 돌아보았다. 축구부장이 우리 쪽을 노려보고 있었다. 왜 저래? 그러자 축구부장을 둘러싸고 있던 여자애들도 모두 함께 이쪽을 째려보기 시작했다. 쟤들은 또 왜 저래? 신이 난 하경과 함께 교실로 돌아갔다.

영어학원의 계단을 올라갔다. 어깨가 움츠러졌다. 3층의 비상구 계단 앞에서 4층 쪽을 쳐다보았다. 그날 왜 올라가서는. 앞으로는 아무리 급해도 4층 화장실에는 가면 안 되겠다. 그래, 별일 아닐 거다. 갑자기 문이 열려서 놀란 상대가 황급히 문을 닫는 바람에 부딪쳤을 것이다. 터덜터덜 강의실로 들어갔다. 맨 뒷자리에 앉았다.

수업 시작 벨이 울렸다. 원어민 강사가 들어왔다. 금발 머리칼을 쓸어올리며 유쾌하게 인사를 건넸다. 날씨가 좋다고 떠들어댔다. 처음부터 끝까지 영어로만 떠든다.

원어민 강사가 교재를 펼치고 진도를 나갔다. 고개를 들고 누가 읽어볼까? 하며 강의실을 둘러봤다. 앞쪽의 누군가 손을 들었다. 원어민 강사가 함박웃음을 띠며 고개를 주억거렸다. 손을 든 애가 영어로 떠들기 시작했다. 원어민 강사에게 조금도 뒤지지 않는 발음이었다. 어쭈, 잘하네. 부러운 생각에 목을 늘였다.

강의가 끝나고 나가자 하경이 학원 앞에서 기다리고 있었다. 근처 편의점에서 알바 끝나고 오는 길이다. 녀석은 두 마디 얘기를 떠들고 싶어서 근질근질해 보였다. 둘이서 골목을 걸어 나왔다.

"두 마디, 두 마디 하더니 예쁘다."

"그지? 드디어 걔가 내게 알은 척을 했잖아."

녀석의 입이 죽 찢어졌다.

"그럼 너 지금 여친은 어떡하냐?"

"야, 지금 그게 문제냐. 두 마디가 내게 관심 보였는데."

녀석이 손을 흔들었다.

"야, 나 간다."

갈림길에서 녀석과 헤어졌다. 하경이 스텝을 밟듯 멀어졌다. 저렇게 좋을까. 하긴 이쁘긴 이뻤다. 혼자 피식거리며 골목을 돌았다. 벽에 그림자가 어른거렸다. 전봇대 옆을 지나가는데 누가 멱살을 잡고 확 끌어당겼다.

"뭐, 뭐야."

한 손이 목을 조르고 다른 손이 목을 콱 누른다.

"방학고등학교 1학년 2반. 박평재."

"누 누구세요?"

후드티를 쓴 여자애가 목을 조르고 있다.

"누 누구세요?"

순간 잡힌 목에 힘이 빡 들어갔다. 숨을 쉴 수가 없었다. 상대의 손을 떼어내려고 잡아당기는데 주먹이 명치를 내질렀다. 숨이 막히면서 바닥에 주저앉았다. 명치에서 엄청난 통증이 밀려왔다. 고개를 밑으로 처박고 컥컥거렸다.

"쓸데없는 소리 하고 다니면 죽는다."

후드티가 낮은 소리로 으르렁거렸다.

"알겠어?"

앞뒤 생각할 겨를 없이 그냥 끄덕끄덕했다. 어둠 속으로 발소리가 울렸다. 손으로 배를 감싸고 골목에 주저앉아 있었다. 한참 후에 명치의 통증이 풀렸다. 그러자 눈이 욱신거리기 시작했다. 아, 기억이 몰려왔다. 그날 문에 맞아 쓰러진 게 아니었다!

방에서 왔다 갔다 했다. 아직도 눈이 욱신거렸다. 거울을 보니 눈 주위가 알록달록한 게 한심했다. 계란을 가져와 열심히 문질렀다. 무심코 손에 힘을 주었더니 파삭 깨져버렸다. 계란 물이 손가락을 타고 줄줄 흘러내린다. 한심스럽다. 마치 지금의 내 꼴 같다. 책상의 휴지를 뽑아 손을 닦았다. 후드티를 써서 얼굴은 못 봤다. 어둠 속에 울리던 목소리. 으스스하다.

야구 모자를 눌러쓰고 참고서를 끼고 계단을 올라갔다. 영재 삼촌에게 손님이 와 있었다. 둘은 평상에서 새우깡에 맥주를 마시고 있었다.

"친구 와서 오늘 공부는 패스."

"어."

시무룩하게 대답했다. 나도 지금 공부할 기분은 아니다.

"너 기태 알지?"

영재 삼촌이 돌아보았다. 글쎄? 아마 영재 삼촌 친구인 모양이었다.

"안녕하세요."

인사를 꾸벅했다. 그러자 건너편에 있던 친구가 너털웃음을 터트렸다.

"얘 초등학교 때 보고 지금 보는데 기억하겠냐?"

"그렇게 오래됐어?"

영재 삼촌의 눈이 대번에 커졌다.

"그럼, 그렇게 됐지."

친구가 고개를 끄덕이며 날 쳐다보았다.

"어, 많이 컸네. 근데 눈이 왜 그래?"

쓱 훑어본다.

"어, 그게… 문에 부딪혔어요."

허둥지둥 모자를 내렸다.

"조심해야지."

친구가 말했다.

"눈은 언제부터 그런 거냐?"

그제야 알아본 듯 영재 삼촌이 물었다.

"뭐, 어제…."

"괜찮아?"

"어, 괜찮아."

모자를 잡아당기며 친구 쪽을 보았다.

"기태, 이쪽 파출소로 왔잖아."

영재 삼촌이 설명했다.

"아."

파출소라는 말에 그제야 생각났다. 친구는 영재 삼촌의 고등학교 동창인데 경찰대학을 갔다. 경찰 제복을 입고 우리 집에 온 적이 있었는데 어린 마음에도 무지 멋있었다. 지금은 셔츠에 면바지 차림이었다.

"너도 여기 와서 앉아."

영재 삼촌이 탕탕 평상을 두드렸다. 옆으로 가서 걸터앉았다.

"그럼, 우리 동네 파출소로 오신 거예요?"

내가 물었다.

"응, 그렇게 됐어."

친구가 덤덤하게 고개를 끄덕였다.

"김 순경, 여기서 푹 쉬다가 다시 경찰청 복귀하면 되지. 야, 차라리 잘됐다. 너 그동안 제대로 쉬지도 못했잖아."

영재 삼촌이 친구의 어깨를 두드렸다. 경찰청에 있던 사람이 왜 이쪽으로 왔는지는 모르겠지만 영재 삼촌은 기쁜 모양이었다.

"저, 이 근처에 이상한 사람 돌아다니는 얘기 들어보셨어요?"

머뭇머뭇 김 순경에게 물었다.

"아니, 그건 못 들었는데."

김순경이 머리를 갸웃했다. 그럼 이 동네 애가 아닌가.

"오늘은 뭐 없냐?"

영재 삼촌이 내 손을 쳐다보았다.

"없어."

"빡토 뭐하냐?"

또 물었다.

"안 계셔. 실향민들 모임 가셨어."

"아, 그래. 우리 족발이나 시켜 먹을까?"

영재 삼촌이 김 순경을 쳐다보았다.

"치킨이 낫지 않냐?"

"하긴 치킨에 맥주, 좋지."

"삼촌, 난 콜라."

영재 삼촌이 치킨 집에 전화를 하고 있는데 아래쪽에서 시끄러운 소리가 들려왔다. 누가 골목에서 고래고래 소리를 지르고 있었다.

"니들이 뭔데 내 집을 팔라 마라 하는 거야."

위에서 내려다보니까 양복 입은 두어 명과 작업복 차림의 남자 서너 명이 누군가를 둘러싸고 서 있었다. 어라? 우리 동네 최만식 할아버지였다. 시장 골목 재개발 때문인지 요새 심심찮게 저런 모습이 보였다.

"영감님. 정말 안 파실 거예요?"

"그렇다니까, 안 팔아."

최 씨 할아버지가 손을 내저으며 소리쳤다.

"그럼 뭐, 할 수 없지요."

양복 차림의 남자가 어깨를 으쓱했다.

"영감님 건물만 남겨두고 공사 시작해야겠어요."

"뭐라고?"

최 씨 할아버지가 목소리를 높였다.

"이렇게 자꾸 차일피일 날짜만 가고 영감님은 파실 생각이 없으시고. 뭐, 어떡합니까? 할 수 없지요. 영감님 건물은 놔두고 얼른 시작해야지요."

"그런다고 내가 팔 줄 알아?"

최 씨 할아버지는 조금도 기죽지 않은 목소리였다.

"예, 마음대로 하세요. 저희도 이제 지쳤습니다."

"뭐얏!"

최 씨 할아버지가 소리를 질렀다.

"또 시작이네."

아래를 보며 영재 삼촌이 중얼거렸다.

"왜들 저래?"

김 순경이 궁금한 듯 되물었다.

"저 아래 시장 골목 재개발 때문이지, 뭐. 하루 이틀도 아니고 시끄러워 죽겠다니까."

눈살을 찌푸리며 고개를 흔들었다. 아래는 계속 시끄러웠다. 지나가는 사람들이 힐끔힐끔 쳐다보자 작업복들이 빨리 가라는 듯 손을 흔들었다.

"하, 말로 하면 안 된다니까."

작업복 차림의 남자 하나가 손을 우두둑 꺾었다.

"겁준다고 내가 팔 거 같아."

최 씨 할아버지가 소리쳤다.

"네가 겁줬냐?"

양복이 옆에 있는 작업복의 머리를 후려쳤다. 작업복이 얼굴을 찡그리며 머리에 손을 얹었다. 다시 한 번 빡 소리가 났다.

"그런 짓 말라고 했지?"

또다시 철썩하는 소리가 들렸다. 작업복이 머리를 문지르며 최 씨 할아버지를 노려보았다. 눈에서 파란 불꽃이 뚝뚝 떨어졌다. 최 씨 할아버지가 뒷걸음질을 쳤다. 옆으로 빠져나가려고 하자 양복이 두 팔로 벽에 가두었다.

"아, 영감님. 어디 가세요? 얘기 좀 하시자고요."

"썩 비켜."

최 씨 할아버지가 고함을 질렀다. 하지만 목소리가 떨리고 있었다. 그 모습을 보자 갑자기 눈이 욱신거렸다. 어느새 명치도 찌릿찌릿해지는 것 같았다.

"너 내려가 봐야 되는 거 아냐?"

영재 삼촌이 김 순경을 돌아보았다.

"나 비번이야."

"야, 나이 드신 분이 저렇게 핍박받고 있는데 민중의 지팡이가 그러면 안 되지."

"아, 그 민중의 지팡이가 비번이라니까."

김 순경이 평상으로 가서 벌렁 드러누웠다.

"신고하려면 네가 해."

팔베개를 한 채 웅얼거렸다. 아직도 밑에서 옥신각신하는 소리가 들렸다. 영재 삼촌의 핸드폰이 띠리리 울렸다. 전화를 받은 영재 삼촌이 소리쳤다.

"평재야. 치킨 왔다."

"어."

돈을 받아들고 계단을 달려 내려갔다.

6 소중한 것

토요일, 산을 뛰는데 위에서 발소리가 났다. 반사적으로 옆으로 비켜섰다. 후드티를 눌러 쓴 사람이 날다람쥐처럼 산을 달려 내려왔다. 그리곤 눈 깜짝할 새 나무들 사이로 자취를 감췄다.

산에서 내려와 재개발 골목에 들렀다. 여느 때처럼 건물을 한 바퀴 둘러보고 내려오는데 앞에서 인기척이 났다. 사람 없는 텅 빈 골목에 누가 서 있었다. 등을 돌리고 열심히 셔터를 누르고 있는 금발머리가 낯익었다. 어라? 영어학원의 원어민 강사였다.

"어? 안녕하세요."

"네. 안녕하세요."

원어민 강사가 돌아보며 활짝 웃었다.

"여기서 뭐 하세요?"

"사진 찍고 있습니다."

원어민 강사가 씩 웃으며 손에 들고 있는 카메라를 살짝 흔들었다. 낡고 지저분한 건물밖에 없는데 뭘 찍는다는 걸까. 할아버지가 옆으로 왔다.

"누구시냐?"

"저 다니는 영어학원 선생님이세요."

"그래? 이 녀석 할애빕니다."

할아버지가 웃음을 띠며 인사를 건넸다.

"예, 어르신. 학원에서 영어 가르치고 있는 존이라고 합니다."

예의가 바른지 고개를 살짝 숙이며 인사를 했다. 학원에서 만날 영어로 떠드는 것만 들었는데 인제 보니 우리말도 잘했다.

"근데 여기서 뭐 하시나?"

"건물을 찍고 있습니다."

"뭐 좋은 게 있소?"

할아버지가 주위를 둘러보았다.

"예, 많습니다. 저 건물 벽에 철거라고 쓰여 있는데 부순다는 뜻입니까?"

존이 그쪽을 가리켰다.

"응, 그렇소만."

할아버지가 고개를 끄덕였다. 그러자 존이 금발 머리칼을 쓸어올리며 고개를 갸웃했다. 왜 그러지?

"아직 튼튼한데 왜 부숩니까?"

존이 벽을 손으로 두드렸다.

"그렇게 됐네. 새 건물을 지으려고 하니까."

할아버지가 씁쓸하게 말했다.

"아깝습니다."

존이 어깨를 축 늘어뜨리며 고개를 저었다.

"응?"

"아직 튼튼하고 멀쩡합니다. 계속 사람이 살 수 있습니다."

존이 안타까운 얼굴로 고개를 저었다.

"건물을 부수면 여기 살았던 사람들의 추억도 사라집니다."

"허허."

할아버지가 뒷짐을 지고 서서 찬찬히 존을 살폈다. 그리곤 무슨 생각을 하는지 말없이 텅 빈 건물들을 올려다보았다. 할아버지는 우리가 살았던 건물 앞으로 존을 데려갔다.

"이곳이 내가 처음 산 집이라네. 저 위에서 내려와서. 이 집에서 큰애가 결혼했고 이 녀석도 태어났지."

할아버지가 턱으로 날 가리켰다.

"위라면 북한을 말하는 것입니까?"

존이 눈을 끔뻑였다.

"그렇소. 내 고향은 이북이라네. 한국전쟁 때 내려왔어."

"그렇습니까? 저는 캐나다 퀘벡이 고향입니다. 한동안 프랑스에서 살기도 했습니다."

"그럼 여기 온 것은?"

"예. 같이 살던 친구가 한국에 간다길래 따라왔습니다."

존이 씨익 웃었다.

"그럼 지금은 여기 안 사십니까?"

"그렇네. 재개발로 묶여 떠났지. 그래도 마음속에는 늘 이 집이 있다네. 존이라고 했나?"

"예, 그렇습니다."

"자네는 뭐가 소중한지 아는군."

나도 몸을 빙글 돌려 다시 한 번 내가 태어났던 상가주택을 보았다. 3층의 밋밋하고 낡은 콘크리트 건물. 이제는 때가 타 우중충하게 잿빛으로 변해가고 있다. 얼마나 많은 사람들이 저기서 울고 웃으며 살았을까. 아웅다웅 싸우고 화해하고. 그러고 보니 저 창문 하나하나에 수많은 사연들이 깃든 것 같았다. 그게 이야기인 걸까? 웃음소리에 돌아보자 둘이서 카메라를 들여다보고 있었다. 할아버지가 연신 고개를 끄덕였다.

뒤편의 상가주택에서 인기척이 났다. 뒷짐을 진 최 씨 할아버지가 걸어 나왔다. 최 씨 할아버지가 마뜩잖은 표정으로 우리를 쳐다봤다. 건물을 둘러보려고 온 것일까. 내가 인사를 하자 최 씨 할아버지는 획 고개를 돌렸다. 최 씨 할아버지는 우리 할아버지를 껄끄러워하는 것 같았다. 이곳 토박이인 자신과 달리 할아버지가 북한 출신이라는 걸 못마땅해하는 눈치였다. 그런 탓에 할아버지도 최 씨 할아버지를 데면데면하게 대했다.

비슷한 나이지만 우리 할아버지는 활기가 넘치는 데 비해, 최 씨 할아버지는 등이 굽고 기력도 약해 보였다. 얼굴에 검버섯도 많았다. 최 씨 할아버지가 끙 소리를 내며 현관 턱을 내려오는데 뒤에서 발소리가 들렸다. 물뿌리개를 손에 든 할머니가 허겁지겁 따라 나왔다.

"…저, 영감님. 이 건물 팔리는 건가요?"

"누가 그런 소릴 해?"

최 씨 할아버지가 홱 돌아섰다.

"사람들이…"

할머니가 머뭇머뭇 대답했다.

"주인인 내가 안 판다는데 지들이 뭘 어떻게."

최 씨 할아버지는 불퉁하게 말한 뒤 우리를 힐끔 쳐다봤다. 그리곤 아무 소리 없이 옆을 지나쳐 골목을 휘적휘적 내려갔다. 할머니가 멍한 얼굴로 그 뒷모습을 보고 있었다. 손에 든 물뿌리개에서 물이 뚝뚝 떨어졌다.

"안녕하세요."

존이 할머니를 향해 인사했다.

"어라? 외국 사람 또 왔네."

존을 본 적 있는지 할머니가 미소 지었다.

"어디 화초 물 주셨습니까?"

할아버지가 말을 건넸다.

"아, 네."

할머니가 손에 든 물뿌리개를 내려다보았다.

"옥상에서 고추 모종 물 주다가 집주인이 보여서 그만…."

얼굴에 주름살이 퍼지며 웃었다. 둘이서 한동안 재개발 얘기를 나눴다. 좀 떨어진 곳에서 존이 셔터를 누르고 있었다.

누런 벽지를 벽에서 북북 뜯어냈다. 먼지가 풀풀 날렸다. 한쪽 벽을 뜯어내고 다른 쪽을 뜯었다. 의자를 딛고 올라서서 천장의 벽지를 뜯어내는데 먼지가 풀썩 일었다. 벽지를 바닥에 쌓았다. 목덜미로 땀이 툭툭 떨어졌다. 혼자 사는 노인 집에 도배를 하러 왔다. 옆 동네라 스쿠터를 타고 10분이나 달렸다.

바닥에 폐벽지가 수북하게 쌓였다. 부피를 줄이려고 벽지를 말아 발로 밟고 눌러서 쓰레기봉투에 담았다. 꽉 찬 봉투는 바깥에 내놓았다. 몸의 먼지를 털고 마스크를 내려 후우 하고 신선한 공기를 마셨다. 문 앞에 있는 페트병을 집어 꿀꺽꿀꺽 물을 마셨다.

"어, 나도."

안에 있던 대학생 형이 손을 내밀었다. 페트병을 건네주었다. 대학생 형이 입에 대고 단숨에 들이켰다. 벽지를 뜯어내고 모두 한숨 돌렸다.

"짜장면 왔습니다."

배달통을 든 사람이 쑥 들어왔다. 자원봉사 하는 사람들과 함께 둘러앉아 짜장면과 군만두를 먹었다. 식사가 끝나자 바닥의 장판을 걷어냈다. 그리곤 도배를 시작했다. 내가 벽지를 잘랐다. 그 옆에서 대학생 형이 풀칠을 했다. 할아버지가 의자를 밟고 올라섰다.

"할아버지, 제가 할게요."

밑에서 벽지를 잡아주고 있던 대학생 형이 소리쳤다.

"아니다. 이거 처음 하면 힘드니까 내가 하마."

할아버지가 말했다.

"야, 그거 쉬운 거 아냐. 무늬하고 다 맞춰야 돼."

풀칠을 하던 형이 소리쳤다.

"어, 그래."

벽지를 잡아주던 형이 고개를 주억거렸다.

도배가 끝나자 장판을 깔았다.

"불은 잘 들어와요?"

새로 깐 장판에 앉아서 할아버지가 노인에게 물었다.

"예. 감사합니다."

노인이 계속 웃었다. 장판을 깔고 나서 바깥에 끄집어 내놓았던 가재도구들을 다시 안으로 들였다. 모두 힘을 합쳐 물건을 날랐다. 티셔츠가 흠뻑 젖을 정도로 땀이 흘렀다. 물건들을 옮기고 나서 걸레를 빨아 새로 깐 장판 위를 쓱쓱 훔쳤다. 그리곤 꽉꽉 채운 커다란 쓰레기봉투를 묶어 밖에 내놓았다. 이제 모두 끝났다. 할아버지가 수건으로 얼굴을 훔치며 대학생 형들에게 말했다.

"저녁 먹으러 가지."

"어, 저희 약속 있어요."

"그래. 그럼 가봐."

두말없이 고개를 끄덕였다. 형들이 인사를 꾸벅하더니 골목으로 사라졌다. 할아버지가 스쿠터에 올라타며 말했다.

"저녁 먹고 가자."

"예."

헬멧을 쓰고 스쿠터 뒤에 올라탔다. 할아버지가 천천히 스쿠터를 몰아 골목을 벗어났다. 우리 집 쪽으로 달렸다. 후덥지근한 밤바람이 부딪쳤다. 옆으로 자동차의 불빛이 휙휙 스쳐 지나갔다. 동네 근처까지 왔을 때 배에서 꼬르륵 소리가 났다. 그 소리를 들었는지 횡단보도 앞에서 할아버지가 돌아봤다.

"배고프냐?"

"…네."

"푸짐한 거 먹자꾸나."

"네."

근데 이 시간에 청국장집이 하려나? 스쿠터가 횡단보도를 건넜다. 우리 집 방향이 아니었다. 맞은편의 골목으로 들어갔다. 길은 좁고 구불구불하다. 할아버지가 어떤 식당 앞에서 멈춰 섰다. 청국장집은 아니고 감자탕집이었다. 간판을 보니 오래된 가게인 모양이었다. 식당의 미닫이문을 열고 들어갔다. 안에 고기 누린내가 잔뜩 배어 있었다. 너무 늦게 왔는지 정리하는 분위기였다.

"끝났나?"

할아버지가 문 앞에서 물었다.

"앉으세요. 괜찮아요."

뒤쪽에서 탁자를 치우고 있던 아줌마가 돌아보며 말했다. 출입문에 가까운 자리에 앉았다. 내가 두리번거리자 할아버지가 말했다.

"지난번 너 없을 때 왔는데 괜찮더라."

"아."

아줌마가 쟁반에 물병과 컵을 들고 와 내려놓았다.

"뭐 드릴까요?"

"응, 감자탕 주게나."

"두 분이서 드시게요?"

"양 좀 넉넉하게 주시게."

그러면서 날 쳐다보았다. 잠시 후 아줌마가 커다란 냄비를 들고 와 가스 불 위에 내려놓았다. 금세 감자탕이 바글바글 끓었다. 맛있는 냄새가 났다. 할아버지가 국자를 들었다.

"어서 먹어라."

커다란 뼈다귀를 내 그릇에 떠주었다. 그리곤 냄비에서 감자를 꺼냈다.

"이 감자가 이북에 있을 때 배고픔을 달래주던 음식이야. 여기 내려와서도 이 감자 먹으며 일했어."

"예."

뼈다귀를 뜯는 데 열중했다. 정신없이 먹다 보니 어느새 옆에 뼈가 수북하게 쌓여 있었다.

"어떻게 고기는 됐냐?"

"예. 배불러요."

"여기 밥 좀 볶아주시게."

"네에."

대답 소리와 함께 아줌마가 볶음밥 재료를 들고 우리 자리로 왔다. 그리곤 냄비에 남은 국물을 떠내고 밥을 볶기 시작했다.

"손자분이신가 봐요?"

"응. 내 손자야."

"아유, 할아버지 닮았네. 고등학생?"

눈이 날 쳐다보고 있다.

"예. 1학년이요."

"어느 학교야?"

"방학고등학굔데요."

"어, 우리 애도 거기 다니는데?"

"몇 학년인데요?"

"같은 1학년."

아줌마가 방긋 웃었다.

"같은 학교면 친하게 지내면 되겠네."

할아버지가 날 쳐다보았다.

"우리 애는 학교에서 친구를 잘 못 사귀어요."

아줌마가 살짝 얼굴을 찡그렸다.

"그 재개발 쪽에 산다고 했나?"

"네."

"사람도 없어 밤에 여자 혼자 다니기 쉽지 않지."

"저 혼자 늦게 다니는 거 불안하다고 우리 딸이 데리러 온다고 하네요."

아줌마가 손을 멈추고 창 쪽을 보았다.

"1층에 슈퍼 있던 건물인가?"

"네. 거기요."

아줌마가 고개를 끄덕였다. 최 씨 할아버지 건물이다.

"거기도 조만간 비워줘야 될 건데."

"주인 할아버지가 괜찮대요. 자긴 안 파니까 계속 살아도 된다는데요."

아줌마가 눈을 깜박거렸다.

"그래도 그러는 게 아닌데."

"주인 할아버지가 괜찮다고 하니까 괜찮겠죠, 뭐. 전 좋은데요. 집세도 싸고. 애 학교도 가깝고."

아줌마가 생긋 웃었다. 그리곤 다 됐는지 가스 불을 줄였다.

"이제 드셔도 돼요."

"응. 고마워."

한 수저 듬뿍 볶음밥을 떴다. 아주 맛있다. 배가 불러도 바닥까지 싹싹 먹어치웠다. 할아버지가 흐뭇한 눈으로 쳐다보고 있었다. 감자탕집에서 나와 다시 스쿠터에 올라탔다. 골목이 좁아 할아버지가 천천히 스쿠터를 몰았다. 청바지에 후드티를 쓴 애가 쓱 지나갔다. 등 뒤편에서 "왔니?" 하는 소리가 들렸다. 아, 아줌마 애구나. 밤바람이 얼굴을 스치고 갔다.

7 습격

학원 계단을 뛰어 올라갔다. 일찍 왔는지 영어반 강의실에 아무도 없었다. 맨 뒷자리에 가방을 던져놓고 강의실을 빠져나왔다. 학원을 나와 큰길에 있는 편의점으로 갔다.

"어서 오세요."

문소리에 하경이 소리쳤다. 계산대 앞에서 어떤 여자애와 노닥거리고 있었다. 못 보던 애다. 자식, 또 시작이네. 뒤로 가서 컵라면을 골랐다. 하경이 뭐라고 하자 여자애가 킥킥거리며 웃었다. 그리곤 발돋움을 해서 하경의 볼에 입을 맞췄다. 여자애가 편의점을 나갔다. 들고 온 컵라면을 계산대에 내려놓았다.

"누구냐?"

"여친 후보."

컵라면을 스캐너로 찍으며 하경이 빙글거렸다. 잘생긴 얼굴 덕분에 여자들이 줄줄 따른다. 좀 부럽긴 하다. 하경이 카운터 밑에서 삼각 김밥을 몇 개 꺼내주었다.

"먹어라."

"어, 오늘 많이 남았네."

"얀마, 내가 너 위해서 남겨뒀다는 거 아냐. 너 챙겨주는 거 나밖에 없지?"

"응. 너 여기서 계속 알바해라."

"안 그래도 그럴 거야. 애들도 괜찮은데."

하경이 씨익 웃었다. 간식을 먹고 나서 학원으로 돌아갔다. 자리에 앉았다. 그새 강의실이 반 넘게 차 있었다. 앉아서 꾸벅꾸벅 졸았다. 마이크 울리는 소리에 눈을 뜨자 앞에서 존이 떠들고 있었다. 지난번 골목에서 봤을 때처럼 셔츠에 청바지 차림이었다. 그때와 다르다면 지금은 영어로만 떠들고 있었다. 책상에 있는 교재를 넘겼다. 다시 스륵 눈이 감겼다. 끝나는 벨 소리에 눈을 떴다.

애들이 우르르 강의실을 빠져나갔다. 다른 수업을 들으러 가는지 걸음을 서둘렀다. 내가 듣는 건 영어뿐이다. 가방을 챙겨 계단을 내려왔다. 학원을 벗어났다. 골목에 내 발소리가 울렸다. 내일 2교시 수학… 가만 숙제가 있었나? 어깨에

멘 가방을 바꿔 멨다. 담벼락에 그림자가 어른거렸다. 갑자기 어둠 속에서 손이 쑥 나와 목을 낚아챘다. 어, 하는 사이에 담벼락에 밀쳐졌다.

"너 왜 자꾸 내 주변에서 얼쩡거려?"

"…."

뭐, 뭐야? 숨이 막혔다.

"왜 자꾸 얼쩡거리냐고?"

한순간 숨이 컥 막히며 명치가 쥐어짜듯 아팠다. 죽을 것 같은 통증에 무릎이 푹 꺾였다.

"얼쩡거리지 마라. 쓸데없는 소리 하지 말고."

"…."

대답할 정신이 없었다.

"알았어?"

겨우 고개만 끄덕였다.

"떠들고 다니면 죽는다."

낮은 목소리가 음산하게 울렸다. 배를 손으로 움켜쥐고 고개를 처박고 있었다. 몸이 부들부들 떨렸다. 이윽고 발소리가 멀어졌다. 그래도 몸이 부들부들 떨렸다. 내가 대체 왜 맞아야 하나. 뭘 어쨌다고. 얼쩡거린다고? 대체 무슨 소리를 하는지 알 수가 없었다. 일어나려고 하는데 다리에 힘이 들어가지 않았다. 벽에 기대어 겨우 몸을 일으켰다. 떨림은 잦아

들기는커녕 계속되고 있었다.

밤에 잠이 오지 않았다. 이리저리 뒤척이고 있었다. 옆으로 돌아누웠다. 창문이 가로등 빛에 어슴푸레했다. 이불을 뒤집어썼다. 누군지 알아야 피하고. 개 말대로 얼쩡거리지 않고 조심하지. 진짜 미치겠네. 손으로 이불을 잡아끌었다. 명치에 손을 갖다 대었다. 아직도 얼얼한 느낌이었다. 다시 돌아누웠다. 탁상시계가 째깍째깍 소리를 냈다. 골목으로 차가 지나갔다. 그리고 다시 오토바인지 스쿠터가 탈탈거리며 지나가는 소리. 엎드렸다. 돌아누웠다. 베개로 머리를 짓눌렀다. 아아. 입에서 신음이 흘러나왔다.

다음 날 알람 소리에 억지로 일어났다. 마치 누군가에게 두들겨 맞은 듯 온몸이 무거웠다. 아무런 의욕도 들지 않았다. 겨우 다리를 움직였다. 바깥으로 나가자 여느 때처럼 할아버지가 몸을 풀고 있었다.

"안녕히 주무셨어요?"

"오냐. 잘 잤냐?"

"네."

대답과 달리 못 잤다. 머리가 멍했다. 뻣뻣한 팔과 다리를 억지로 흔들었다. 골목을 달렸다. 평소보다 빨리 숨이 찼다. 다리가 휘청거렸다. 모든 관절이 삐걱삐걱 소리를 냈다. 운동화 바닥에 쇠불이를 매단 느낌이랄까. 뛰는 게 아니라 발이 질질 끌렸다. 산길에 접어들었다. 오르막에서부터 계속 비틀거렸다. 그냥 땅에 드러누워 버리고 싶었다. 다른 날은 뛸 만했다. 가뿐한 날까지 있었다. 하지만 오늘은 힘들어서 죽을 것만 같았다. 절에서 아침 예불을 드리는데 고개가 툭 떨어졌다.

"평재야."

후다닥 고개를 들었다. 부처님이 불쌍한 놈 하는 눈으로 내려다보고 있다.

학교 수업도 귀에 들어오지 않았다. 머릿속에 음산한 목소리가 계속 울리고 있었다. 얼쩡거려? 내가 뭘? 내가 뭘 어쨌다고? 진짜 미치겠네. 점심시간에 책상에 엎드려 있는데 하경이 쿡쿡 찔렀다.

"밤새 뭐 했길래 한밤중이냐?"

"그게, 아니라."

머리칼을 쓸어 넘기며 하경을 보았다. 만물 정보통인 이 녀석에게 한번 물어볼까. 혼자 끙끙댄다고 답도 없으니까.

"정하경."

"어?"

"내가 요새 누구한테 뭐 실수한 거 있냐?"

"어, 있어."

하경이 눈썹을 실룩였다.

"뭔데?"

움찔 놀라 쳐다보았다.

"나한테 형님이라고 안 그러잖아."

자식이 빙글거렸다.

그때 내 핸드폰으로 메시지가 들어왔다.

-박평재. 전산실로 와라. -전산부장

전산부장? 고개를 갸웃했다. 뭐야, 누가 장난치나. 중얼거리는데 다시 핸드폰으로 문자가 떴다.

-장난 아니니까 전산실로 와.

그걸 보고 하경에게 말했다.

"야, 누가 장난치나 이런 거 뜬다."

문자를 하경에게 보여주려고 하는데 그때 하경의 핸드폰이 띠링 하고 울렸다. 하경이 뭐야, 하며 문자를 보더니 내게 내밀었다.

-박평재. 전산실로!

"엥?"

눈을 커다랗게 뜨는데 갑자기 온 교실에 핸드폰이 띠링, 띠링 하고 울리기 시작했다. 애들이 웅성웅성하며 날 힐끔힐끔 쳐다보았다. 어떤 애가 문자를 보며 소리쳤다.

"야, 박평재. 너 전산부장이 전산실로 오라는데?"

이게 대체 무슨 일이지? 눈이 휘둥그레져 어쩔 줄 몰라 하고 있는데, 다시 내 핸드폰으로 문자가 들어왔다.

-그래도 안 와?

이게 대체 뭐야? 눈을 껌벅껌벅하고 있는데, 또 한번 온 교실에 핸드폰의 알람 소리가 울려 퍼졌다. 누가 복도를 우다다 하고 달려오더니 우리 반 교실에 고개를 불쑥 디밀고 소리쳤다.

"야, 박평재가 누구야?"

옆 반 애들 같았다. 그럼 다른 반 애들한테도? 당황해서 우물쭈물하는 그 사이에도 교실에 핸드폰의 알람 소리가 계속 울리고 있었다. 놀라 복도로 뛰쳐나왔다. 당황해서 두리번거리는데 핸드폰이 울렸다. 화면에 방향 표시가 떴다. 허둥지둥 그걸 보며 달려갔다. 복도를 죽 따라가 현관 옆의 전산실 앞에서 멈추었다.

8 널 지켜보고 있다

전산실 안으로 들어섰다. 안이 어두컴컴했다. 뭔가 이상해서 고개를 들어 천장을 올려다보았다. 형광등이 꺼져 있었다. 창의 커튼도 쳐져 있다. 안을 두리번거렸다. 뒤쪽 컴퓨터 앞에 누가 앉아 있었다. 웅크린 실루엣이 보였다. 모니터에서 어슴푸레한 빛이 흘러나오고 있다.

“거기 앉아.”

모니터 너머로 목소리가 울렸다. 컴퓨터 앞에 의자가 있었다.

“1학년 2반 박평재.”

“…예.”

머뭇머뭇 의자에 앉았다.

"난 전산부장 백덕후다."

"예…."

그냥 고개를 끄덕였다. 왜 전산부장이 부른 건지 알 수가 없었다.

"너 유시아하고 무슨 사이야?"

"예?"

어리둥절했다. 무슨 소리인지 알 수가 없었다. 유시아가 누구야?

"유시아하고 무슨 사이냐고?"

"저, 유시아라뇨? 누군데요?"

내가 알지도 못하는 애를 왜 물어보는지 알 수가 없었다. 백덕후가 피식 웃었다.

"우리 학교 모든 애가 아는 유시아를 박평재만 모른다?"

고개를 끄덕이며 멀뚱멀뚱 쳐다보았다.

"근데 알지도 못하는 유시아랑 박평재가 20초 동안 무슨 얘기를 하고 있었을까?"

"…예?"

눈을 휘둥그레 뜨고 백덕후를 쳐다보았다.

"그것도 한 번도 아니고 두 번씩이나?"

"…?"

무슨 소리인지 알 수가 없다.

"두 번째는 첫 번째보다 더 길게 얘기하고."

"예? 유시아란 애도 모르는데 무슨…"

타닥타닥 자판 두드리는 소리가 났다.

"두 번 다 장소는 여울로 옆 골목."

어? 그건 학원 근천데. 다시 타닥타닥 자판 두드리는 소리가 들렸다.

"지난 4월 18일 9시 55분 21초부터 9시 55분 42초까지, 정확히 21초간 방학동 여울로 17번지와 18번지 사이의 골목에서 박평재와 유시아가 9시 55분 42초까지 같이 있었단 말야. 유시아가 먼저 나오고 34초 뒤에 박평재가 나왔어. 무슨 얘기 했냐?"

"…예?"

어? 골목? 설마 혹시 그 깡패? 고개를 갸웃했다.

"묵비권이야?"

"아니, 저 그건."

"그것도 한 번이면 몰라. 물론 그게 유시아라면 한 번도 평범한 일이 아냐. 근데 4월 25일 10시 5분 30초. 그러니까 어제 저녁 10시 5분 30초지. 유시아랑 박평재가 또 만났어. 이번엔 무슨 일로 또 여울로 21번지와 22번지 사이 골목에서 만났을까. 이번엔 지난번보다 더 늘어서 35초간 대화를 했었단 말이지."

혹시 그 깡패 이름이 유시아? 그런 것 같았다. 어슴푸레한 모니터 너머로 백덕후가 내 표정을 살피고 있었다.

"이제야 생각이 나나 보네?"

"저, 그게…."

순간 머릿속으로 음산한 목소리가 울렸다. "떠들고 다니면 죽는다." 나도 모르게 흠칫했다.

"모르겠는데요."

시치미를 뗐었다. 그나저나 그걸 어떻게 알았지?

"끝까지 발뺌을 하신다. 넌 내가 만만해 보이냐?"

의자가 삐걱대고 모니터 너머로 안경알이 번쩍했다. 이쪽을 노려보고 있었다. 침묵이 흘렀다. 입술이 바짝 말랐다. 손에 땀이 차서 바지에 문질렀다. 침 삼키는 소리가 유난히 크게 울렸다. 그렇지만 얘기했다가는 깡패한테 죽을 수도 있다.

"좋아."

"…."

"오늘은 여기까지만 하지."

"어, 예…."

의자를 뒤로 밀면서 엉거주춤 일어섰다.

"가봐."

"예. 가보겠습니다."

얼른 돌아서서 문으로 향했다.

"박평재."

"예?"

돌아보았다.

"조심해라."

"…?"

"널 항상 지켜보고 있다."

백덕후가 안경을 쓱 밀어 올리며 말했다.

5교시 쉬는 시간이었다. 하경이 등을 툭툭 쳤다.

"야, 점심시간에 어디 갔다 온 거야?"

"전산실."

"거긴 왜?"

"아, 몰라."

손으로 얼굴을 쓸었다. 앞문이 드르륵 열리면서 2학년 선도부 선배가 나타났다. 딱딱한 얼굴로 교실을 훑었다.

"야, 박평재가 누구야?"

"…예, 전데요."

영문을 모른 채 몸을 일으켰다.

"이리 와."

손을 까딱거린다.

"저 수업해야 하는데요."

"선생님한테 말씀드려 놨으니까 얼른 와."

또 무슨 일이지? 어쩔 수 없이 복도로 나갔다. 쫄레쫄레 따라가는데 맞은편에서 두 마디가 오는 게 보였다. 나도 모르게 쳐다보았다. 선도부 선배도 입을 아, 벌린 채 두 마디를 보고 있었다. 거의 넋을 잃은 표정이다. 두 마디가 우리 곁을 쌀쌀맞은 얼굴로 지나쳤다. 두 마디가 안 보이자 선도부 선배가 괜히 헛기침을 했다. 그제야 걸음을 서둘렀다. 선도부는 나를 별관 4층의 학생회장실로 데려갔다. 거기서 내게 무슨 볼일이 있다는 건지 알 수가 없었다.

선도부 선배가 똑똑 노크를 하더니 문을 열었다.

"회장님. 1학년 박평재 데려왔습니다."

"응, 수고했어."

학생회장은 쳐다보지도 않고 볼펜으로 의자를 가리켰다. 그리곤 들고 있는 서류에 거침없이 줄을 그어가며 넘겼다. 학생회장은 앉아 있고 2학년 부회장이 옆에 손을 모은 채 서 있었다. 이윽고 학생회장이 서류를 부회장에게 건네주며 말했다.

"표시한 부분들만 수정해서 다시 올려."

"예, 알겠습니다."

부회장이 공손하게 서류를 받아들며 말했다.

"여기 음료수 두 잔 가져오라고 하고. 이 친구와 할 얘기가 있으니까 방해하지 말라고 해줘."

"예, 알겠습니다."

부회장이 고개를 숙이고 돌아섰다. 잠시 후 노크 소리가 나고 1학년 여자애가 음료수를 들고 들어왔다. 그리곤 조용히 문을 닫고 나갔다. 학생회장이 뒤로 기대앉으며 손짓을 했다.

"마셔."

"…예."

음료수 잔을 집어 드는데 손이 떨렸다. 어색하고 불안해서 음료수 잔만 만지작거렸다. 학생회장이 날 빤히 보고 있다.

"왜 너냐?"

"…예? 무슨 말씀이세요?"

"왜 너냐고?"

"예, 저…."

무슨 소리를 하는 건지 모르겠다. 영문을 몰라 그냥 웅얼거렸다.

"너 공부 잘해?"

학생회장이 의자에 기대앉은 채 날 똑바로 쳐다봤다.

"잘하는 건 아닌데요…"

어물어물 목소리가 나왔다.

“그치. 공부는 내가 잘해. 너 학생회장이야?”

“….”

“내가 학생회장이야.”

학생회장이 턱을 괴고 날 빤히 봤다.

“근데 왜 너냐?”

“무슨… 말씀인지.”

“됐다. 가봐.”

학생회장이 손을 들었다. 인사를 꾸벅하고 문을 열고 나왔다. 밖에 결재서류를 들고 어떤 학생이 기다리고 있었다. 내가 나오는 걸 보더니 안으로 들어갔다. 학생회장이 서류를 받아 들고는 거침없이 넘겼다. 방금 들어간 학생이 그런 학생회장을 경외의 눈으로 바라보고 있었다. 그걸 보다가 돌아섰다. 역시 학생회장은 소문대로 카리스마가 쩌는 사람이다. 근데 사람을 불러놓고 무슨 소리를 하는 건지 모르겠다. 왜 너냐고? 나는 나지, 뭘 어쩌라고. 어이가 없어 복도를 걸어가며 머리를 흔들었다. 전산부장에 이어 학생회장. 둘 다 이상한 소리를 늘어놓았다. 백덕후는 잡아먹을 듯 유시아랑 뭔 사이냐고 따지고 들고 학생회장은 왜 너냐니? 후유 한숨을 쉬었다. 좀 전에 오다가 본 두 마디를 떠올렸다. 학교의 제일 미녀답게 예뻤다. 그 깡패에 비하면 하늘과 땅이다. 그런데 퍼뜩 어떤 생각이 떠올랐다. 백덕후는 학교의 제일 미녀

인 두 마디를 두고 왜 깡패 때문에 방방 뛸까. 혹시 두 마디가 유시아? 에이 설마. 내가 생각해도 어이가 없어 머리를 흔들었다. 교실로 오자 하경이 기다렸다는 듯 물었다.

"너 어디 갔다 왔어?"

"학생회장실."

"에? 거기는 왜?"

"나도 몰라."

의자에 털썩 앉아 멍하니 앞을 봤다.

"갔다 온 네가 모르면 어떡하냐?"

"모르니까 모른다고 하지. 말 시키지 마. 귀찮아."

"너 이번에 제대로 사고 쳤구나?"

"아, 아니라니까. 그보다 두 마디 이름이 뭐야?"

여자에 관해서 모르는 게 없는 녀석에게 물었다.

"헐, 너 몰라?"

"응."

"유시아."

아아, 이럴 수가. 아니 왜 이런 일이. 두 마디가 그 깡패 유시아라고? 손으로 머리를 감쌌다.

"야, 너 왜 그래?"

"아냐. 아무것도."

"관심 있냐."

"아, 몰라."

버럭 했다. 교실에 있던 애들이 이쪽을 힐끔힐끔 쳐다봤다. 한숨을 푹푹 쉬었다. 대체 일이 어디서부터 꼬였는지 모르겠다. 왜 이런 말도 안 되는 일이 내게 벌어졌을까. 전산부장, 학생회장, …두 마디. 미치겠다. 7교시 수업 시작 벨이 울리고 있었다.

9 호출

With the first gray light he rose and left the boy sleeping and walked out to the road and squatted and studied the country to the south. Barren, silent, godless. He thought the month was October but he wasn't sure. He hadn't kept a calendar for years. They were moving south. There'd be no surviving another winter here.

강의실 안은 환하게 불이 켜져 있었다. 또각또각. 원어민 강사 존이 문장을 쓰는 소리만이 조용한 강의실에 울려 퍼졌다. 나도 칠판을 보며 열심히 받아 적고 있었다. 하지만 한 번씩 한숨이 터져 나오고 있었다. 머릿속으로 백덕후와 학생회장의 말이 계속 뱅뱅 돌고 있었다. 다시 한숨이 터졌다.

필기를 끝낸 존이 손을 비비며 돌아섰다. 다음에 올 문장을 만들어보라고 하자 여기저기서 앞다투어 손을 들었다. 존이 맨 앞줄을 가리켰다. 까만 생머리를 늘어뜨린 여자애가 대답을 했다. 영어가 우리말처럼 술술 흘러나왔다. 잘하네. 발음이 거의 네이티브 스피커다. 어디 외국에서 살다 왔나. 어 근데 목소리가 낯설지 않았다. 분명 어디선가 들어본 목소리였다. 누구지? 하며 목을 늘였다. 그때 까만 생머리가 흘낏 뒤를 돌아보았다. 눈이 마주쳤다. 두 마디? 깜짝 놀라 몸을 움츠렸다. 아, 쟤가 왜 여깄어? 그럼 여태 쟤랑 같은 수업을 들었다는 거야? 돌아버리겠네.

머리가 빙글빙글 돌았다. 학원 화장실, 골목, 영어반…. 산에서 마주치는 후드티? 감자탕집으로 들어가던 후드티도? 그 아줌마의 애가 쟤였어? 머리칼을 움켜쥐었다. 미치겠다. 왜 가는 데마다 저 깡패랑 마주치는 건데. 주섬주섬 가방을 쌌다. 일어나려고 하는데 타이밍이 안 좋았다. 존이 알아본 듯 몇 번이나 눈을 맞추었다. 그 상황에서 슬쩍 빠져나오기가 쉽지 않았다. 얼른 나가야 하는데. 속이 탔다. 어영부영하는 사이 수업이 끝나버렸다.

쏜살같이 학원을 빠져나왔다. 골목에서 몇 번이나 뒤돌아봤다. 누가 따라오는지 귀를 곤두세웠다. 아무 소리도 들리지 않았다. 휴. 가슴을 쓸어내리며 돌아섰다. 순간 어둠 속에서 누가 와락 멱살을 잡아챘다. 벽에 메다꽂았다.

"어?"

본능적으로 손을 교차해서 명치를 가렸다. 그걸 보더니 두 마디의 눈꼬리가 쫙 올라갔다. 무릎에 조인트가 날아왔다. 어이쿠. 눈물이 찔끔 날 만큼 아팠다. 그래도 명치를 가린 손을 풀지 않았다.

"너 뭐야?"

두 마디가 틀어쥔 목을 힘껏 당겼다.

"어어…."

"선도부랑 어디 갔어?"

"…어 …학생회장."

아차 싶어 입을 다물었다.

"뭐? 뭔 소리 했어?"

"…아무것도. 아무 소리 안 했어…."

숨이 차서 헉헉거렸다. 다시 조인트가 날아왔다. 맞은 데를 또 맞아서 몸을 부르르 떨었다.

"너 쓸데없는 소리 했지?"

"…아냐, 아냐."

두 마디가 주먹을 치켜들었다. 눈을 감고 재빨리 고개를 옆으로 돌렸다.

"쓸데없는 소리 하고 다니면 죽는다."

고개를 끄덕끄덕했다.

"알았어?"

으스스하게 울리는 목소리. 다시 끄덕끄덕했다. 두 마디가 멱살 잡은 손을 놓았다. 아, 살았다. 몸에서 스륵 힘이 빠졌다. 그 순간 옆구리에 펀치가 들어왔다. 컥, 하고 허리가 꺾여졌다. 그때를 기다렸다는 듯 명치로 연타가 날아들었다. 풀썩 무릎이 꺾였다. 비명도 못 지르고 주저앉아 배를 움켜쥐었다. 아씨, 또. 저벅저벅 발소리가 멀어졌다.

책상에 앉아 멍청하게 벽을 쳐다보고 있었다. 정신을 차리고 보면 벽지를 마냥 눈으로 좇고 있었다. 대체 뭘 잘못한 것일까. 왜 맞아야 하는지 알 수가 없었다. 왜? 왜? 머릿속으로 끝없이 묻고 있었다. 바깥에서 부르는 소리가 났다. 내키지 않았지만 나갔다. 엄마가 쟁반에 과일과 찹쌀떡을 담아 건네주었다.

"이거 삼촌 갖다 드려라."

"응."

귀찮았다.

"친구 왔다고 아까 저녁 먹으러 안 왔어. 이거라도 갖다 줘."

슬리퍼를 끌고 계단을 올라갔다. 옥상 문 너머로 떠들썩한 웃음소리가 들렸다. 쟁반을 한 손에 들고 다른 손으로 문을 밀었다. 물탱크 옆 평상에 김 순경이 앉아 있는 게 보였다. 이쪽 파출소로 온 뒤로는 부쩍 자주 나타난다.

"오셨어요?"

엉거주춤 인사했다.

"어, 그래. 잘 있었어?"

반가운 얼굴로 훑어보았다. 얼른 눈을 피했다.

"그거 뭐야?"

손에 묻은 기름을 닦으며 영재 삼촌이 쳐다보았다. 엄마가 걱정할 게 아니었다. 둘이서 배달 치킨을 먹고 있었다.

"엄마가 갖다주래."

"역시 형수님밖에 없어."

웃으며 덥석 쟁반을 받아들었다. 그러면서 치킨 상자를 내 쪽으로 밀었다.

"안 먹냐?"

"생각 없어."

평상 끝에 걸터앉았다.

"너 좋아하는 치킨인데?"

"됐어."

"치킨이라면 자다가도 벌떡 일어나잖아."

"생각 없다니까."

부루퉁하게 대꾸했다. 김 순경은 찹쌀떡을 집어 맛있게 먹고 있었다. 이윽고 마음을 굳히고 물어보았다.

"저… 협박도 범죄죠?"

"그럼."

김 순경이 고개를 끄덕였다.

"공갈 협박, 협박 편지, 문자, 전화 모두 범죄지."

"그럼… 협박당했을 때 어떻게 해요?"

그쪽으로 다가앉았다.

"녹음을 하거나 녹취를 해서 증거를 남기면 좋지."

"아."

어깨가 축 처졌다. 그 살벌한 분위기에서 어떻게 녹음을 하나. 더 맞으라고.

"무슨 일 있어?"

김 순경이 물었다.

"아뇨. 그냥요."

얼른 얼버무렸다.

"그래? 없으면 다행이고."

"기태야. 둘이서 치킨 가게나 할까?"

영재 삼촌이 그런 소리를 했다.

"좋지. 근데 돈은 누가 내고?"

김 순경이 삼촌을 돌아봤다.

"어 둘이 반반."

"너 돈 있냐?"

김 순경이 물었다.

"야 내가 설마 너한테 혼자 내라고 하겠냐?"

"어. 너 빽 하면 그러잖아."

김 순경이 되받아쳤다.

"내가 언제?"

"넌 담에는 네가 낸다고 하고는 내가 내게 하잖아. 지난번 술값도 내가 냈거든."

그 소리에 삼촌이 못 들은 척 귀를 긁었다.

"자식. 쪼잔하게. 마 그래도 내가 손님은 몰고 올 수 있잖아."

"여자만?"

김 순경이 심드렁하게 대꾸했다.

"아니 내가 붙임성이 얼마나 좋아. 사람들을 얼마나 많이 데려올 텐데."

"응, 여자만."

"야 여자들이 나 좋다고 그렇게 따라다니는데 어떡하라구."

"그니까, 여자만."

옆에 우두커니 앉아 두 사람의 얘기를 듣고 있었다. 가게를 하자며 둘이서 투닥거리는 모습은 내 고민에 비하면 아무것도 아니었다. 하아. 컴컴한 하늘을 보며 속으로 한숨을 쉬었다.

그날 밤 잠자리에서 엎치락뒤치락하다가 선잠이 들었다. 나는 사각의 방에 앉아 있었다. 벽에는 아무것도 없고 덩그러니 커다란 거울이 있다. 그 거울 너머로 목소리가 흘러나왔다. "유시아와 무슨 소리 했어?" 아무리 모른다고 해도 목소리는 끈질기고 집요했다. 어찌어찌 그 방에서 도망쳤다. 눈앞은 막다른 골목이었다. 헉헉거리며 돌아서는데 어둠 속에서 손이 뻗어 나왔다. 목을 움켜쥐었다. 놀라 허우적거리며 깨어났다. 몸이 식은땀에 흠뻑 젖어 있었다. 알람이 울릴 때까지 눈을 뜨고 있었다.

아침에 몸은 돌덩이. 또 흐느적거리며 산을 달렸다. 오르막에 접어들자 숨이 턱턱 막혔다. 비탈길에서 다리가 풀렸다. 당장이라도 주저앉을 것만 같았다.

"할아버지. 좀 쉬었다 가요."

목소리를 쥐어짰다.

"그럼, 넌 천천히 오너라."

할아버지가 먼저 달려 올라갔다. 쓰러지듯 나무둥치에 몸을 기댔다. 하늘이 노랬다. 언제 절의 법당에 앉았는지 기억이 나지 않았다. 고개를 들자 중얼중얼하는 아침 예불 소리가 울려 퍼지고 있었다.

1교시가 끝나자마자 백덕후가 보낸 메시지가 왔다.

-12시 20분까지 전산실로.

하아. 머리칼을 손으로 쥐어뜯었다. 그냥 조퇴하고 가버릴까. 곧 중간고사라 그럴 수도 없고. 점심시간에 복도로 나갔다. 애들이 떠들며 옆을 지나갔다. 식당으로 가는 애들도 있고 매점으로 몰려가는 애들도 보였다. 부럽다. 지금은 실없이 떠드는 애들조차 부러웠다. 한숨을 푹푹 쉬었다. 현관 옆으로 전산실이 보였다. 발이 떨어지지 않는다. 도살장에 끌려가는 소가 이런 기분일까.

"거기 앉아."

무뚝뚝한 목소리가 들렸다. 어정쩡하게 의자에 걸터앉았다. 오늘도 안이 어두컴컴했다. 커튼을 친 데다 형광등 불도 꺼져 있다. 컴퓨터 모니터에서 흘러나온 빛이 백덕후의 실루엣을 흐릿하게 비추었다.

"내가 왜 널 불렀다고 생각해?"

"…예? 그게."

꿀꺽 침을 삼켰다.

"네 핸드폰 GPS 정보에 따르면 5월 29일 9시 45분 15초에서 9시 46분 15초까지 동경 000도 00분 00초, 북위 00도 00분 00초, 위치에 있었던 것으로 나와."

"어, 그건."

"인근 CCTV에서 유시아가 사라진 게 9시 42분 23초. 같은 장소에서 네가 사라진 게 9시 45분 15초. GPS와 동일한 시간. 유시아가 다시 CCTV에 잡힌 시간이 9시 46분 15초. 네가 다시 나타난 게 9시 48분 53초."

"…."

"아무도 두 마디 이상 말하는 걸 들어본 적 없는 유시아랑 박평재가 1분을 같이 있었다. 그것도 유시아가 먼저 기다리고 있었다."

긴장해서 다시 침이 넘어갔다. 뭐야, CCTV 해킹해서 보고 있었던 거야?

"유시아와 무슨 얘기를 했냐?"

"어, 그게…."

"넌 어, 그게 라는 말밖에 할 말이 없어?"

의자가 삐걱거렸다.

"그러니까 그게 아니고."

"무슨 얘기를 했냐고?"

"…별로 한 얘기가."

머리를 흔들었다. 무겁고 멍했다.

"불행히도 그때 네 폰이 주머니에 있어서 카메라로는 아무것도 볼 수 없었단 말야."

나도 모르게 손으로 카메라를 가렸다.

"둘이 작은 소리로 얘기하는 바람에 말소리도 제대로 들리지 않고."

백덕후의 말을 들으며 핸드폰을 주머니에 넣었다.

"유시아 폰은 2G폰이라 해킹도 잘 안되는데… 해킹하더라도 와이파이가 안되니 몰래 정보를 빼낼 수도 없고…."

주머니에 손을 넣고 슬며시 핸드폰의 전원을 껐다.

"꼼수 쓰지 마라. 폰 끄는 거 다 표시나니까."

다시 핸드폰을 켰다.

"너 유시아와 사귀냐?"

"아니 그런 건 아니고…."

"그럼 무슨 얘기한 거야?"

"그게 그러니까…."

두 마디의 말을 떠올리며 침을 꿀꺽 넘겼다.

"네가 시아보다 잘하는 게 하나라도 있으면 그것 때문이라고 생각하겠는데, 네가 시아보다 잘하는 게 하나도 없어."

"설마 하나는…."

"아니, 하나도 없어. 고등학교 들어와서가 아니라 초등학교 때부터 네가 나은 게 하나도 없어. 키도 중2 때까진 시아가 더 컸어."

"…."

"그런 너랑 할 얘기가 뭐가 있을까?"

지금껏 흐릿하던 모니터의 빛이 푸르스름하게 바뀌었다. 거기에 맞춰 자판을 두드리는 소리가 빨라졌다.

"유시아와 무슨 얘기를 했냐?"

백덕후가 다시 물었다. 진이 빠지도록 물고 늘어졌다. 밤에 꾼 꿈이 반복되고 있었다. 모든 게 온통 뒤죽박죽이었다. 두 마디가 깡패라는 것도. 학교의 모든 남자들이 좋아하는 애한테 얻어터지고 있는 것도. 그리고 어젯밤 꿈이 되풀이되고 있는 것도. 대체 어떤 것이 현실이 아닐까.

터덜터덜 교실로 돌아왔다. 5교시가 막 시작하려고 하는데 또 선도부 선배가 나타났다.

"야, 박평재."

문 앞에서 손을 까딱했다. 얼른 안 와? 하듯 눈에 힘을 주었다. 벌떡 일어나 따라갔다. 선도부 선배는 또 별관 3층의 학생회장실로 떠밀었다. 들어가자 안에 학생회장이 있었다. 날 흘낏 보더니 펜으로 앞의 의자를 가리켰다. 그리곤 음료수를 가져온 여자애에게 서류를 넘겨주었다.

"마셔."

"…예."

음료수를 목으로 넘기는데 학생회장이 빤히 보고 있다.

"왜 너냐?"

"…예? …."

"왜 너냐고?"

"예, 저…."

역시나 우물우물 대답했다.

"가자."

학생회장이 벌떡 일어서며 따라오라는 듯 성큼성큼 방을 나섰다. 회장실을 나오자 책상에 앉아 있던 여학생이 일어나 인사를 했다. 학생회장을 따라 복도를 걸어갔다. 복도에서 재잘거리던 애들이 학생회장을 보고 양옆으로 좍 갈라졌다. 학생회장은 날 데리고 두 마디의 반으로 갔다. 교실에서 떠들고 있던 애들이 학생회장을 보더니 조용해졌다. 학생회장은 두 마디를 바라보았다. 난 어쩔 줄 몰라 옆에 쭈뼛거리며 서 있었다. 두 마디는 누가 자기를 보든 신경 쓰지 않고 교과서만 보고 있었다. 학생회장이 날 돌아보았다.

"정말 아무 사이 아니지?"

"예."

학생회장이 나와 두 마디를 번갈아 봤다. 두 마디는 고개도 들지 않았다.

"이상한 소리 들리지 않게 해라."

학생회장은 그 말을 던지고 휙 돌아서서 갔다. 교실로 들어오던 애들이 학생회장과 마주치자 얼른 고개를 숙였다. 학생회장이 지나가자 동경의 눈으로 뒷모습을 보는 애들도 있었다.

쉬는 시간에 책상에 엎드려 있었다. 하경이 날 흔들었다.

"야, 너 점심시간에 어디 갔다 왔냐?"

"아, 몰라."

엎드린 채 대답했다.

"좀 전엔 또 어디 갔다 왔어?"

"묻지 말라니까."

"얀마, 사고 쳤으면 형님한테 얘기하라니까."

"얘기하면…"

몸을 벌떡 세웠다.

"또 아냐. 내가 해결해줄 수 있을지."

"전산부장하고 학생회장인데."

"야, 도대체 무슨 일인데 학생회장하고 전산부장이 너 불러서 난리냐?"

"아, 몰라. 얘기 못 해."

쓸데없는 소리 하면 죽는다. 어둠 속에 울리던 음산한 목소리. 생각만 해도 싫었다. 개의 실체도 모르고 남자들이 넋을 빼고 있다.

"왜 얘기 못 하는데."

"얘기하면 나 죽어."

"너 뭐 사고 치긴 쳤구나. 확실히."

하경이 등을 쳤다.

"아, 몰라. 사고 친 게 아니라니까. 와, 진짜 억울하다니까."

머리칼을 쥐어뜯었다. 이 모든 일의 시작은 그 화장실이다. 그러니까 그 깡패는 왜 그때 하필 화장실에 있어서 날 힘들게 하냐고. 하경이 어이없는 얼굴로 쳐다보고 있었다.

10 인간의 본성

평재 왔냐?

우두커니 책상 앞에 앉아 있는데 메신저가 울렸다. 핸드폰을 보았다. 할아버지다. 좀 전에 학원 골목에서 또 두 마디와 맞닥뜨렸다. 두 마디는 백덕후와 이순기에게 또 무슨 얘기를 했냐며 멱살을 틀어쥐었다. 피할 사이도 없이 또 명치를 얻어맞았다. 혼자 남았을 때 분해서 견딜 수가 없었다. 몸이 부들부들 떨렸다. 마구 소리를 지르며 벽으로 돌진하고 싶었다. 하지만 몸이 꿈쩍하지 않았다. 집에 돌아와 책상에 엎드렸다. 오늘 또 두 마디를 만났으니 내일은 백덕후와 이순기에게 불려가나. 그럼 또 두 마디에게 얻어터지고.

네.

의자를 뒤로 밀자 끼익 소리가 났다. 책꽂이에 있는 장자를 빼서 옆구리에 끼었다. 5층으로 올라갔다. 할아버지는 마루에 있는 책장에 매달려서 턱걸이를 하고 있었다. 러닝만 걸친 팔뚝에 근육이 꿈틀거렸다.

"할아버지."

"응."

"저 호신술 좀 배울까 하는데요?"

"제 몸 지키기 위해서 호신술 배우는 거 좋지."

할아버지가 사뿐히 바닥으로 내려왔다. 그리곤 수건으로 얼굴의 땀을 훔쳤다.

"내가 다니는 체육관 한번 같이 가보자. 거기가 제일 낫더라."

그리곤 마루에 펴놓은 상 앞에 앉았다.

"어디 할 차례냐?"

할아버지가 고개를 들었다.

"그, 그게…"

허둥지둥 책장을 넘겼다.

“具女獨不聞邪 昔者海鳥止於魯郊 魯侯御而觴之于廟 秦九韶以爲樂 具太牢以爲膳 鳥乃眩視憂悲 不敢食一臠 不敢飮一杯 三日而死”

“여기 할 차례 아냐?”

“…그런 것 같은데요.”

눈을 내리깔았다. 아뿔싸. 미리 읽어오지 못했다. 할아버지가 고개를 들었다.

“노후가 새를 종묘로 불러들여 무슨 일을 해주었냐?”

“…그, 그게.”

말을 더듬었다.

“응, 말해봐.”

“그 그러니까…”

“읽어보지 않았어?”

“…네.”

기어들어 가는 소리로 대답했다.

“우리가 같이 책을 읽기 시작한 지 얼마나 되었지?”

“…3년이요.”

목소리가 더 기어들어 갔다.

“그래, 그럼 오늘은 내가 설명하지.”

“….”

“옛날 바닷새가 노나라 서울 밖에 날아와 앉았다. 노후가 이 새를 친히 종묘 안으로 데리고 와 술을 권하고, 구소의 음악을 연주해주고, 소와 돼지, 양을 잡아 대접했다. 그러나 새는 어리둥절해 하고 슬퍼할 뿐, 고기 한 점 먹지 않고 술도 한잔 마시지 않은 채, 사흘 만에 죽어 버리고 말았다.”

할아버지의 목소리가 낭랑하게 울렸다.

“이 이야기를 들으니까 어떤 생각이 들어?”

“네, 그게…”

“평재야. 바닷새는 뭘 먹고 살까?”

“어, 생선이요.”

“그런데 노후는 바닷새에게 술과 소와 양과 돼지를 잡아 대접했어. 왜 그랬을까?”

“잘해주려고 한 거죠.”

“그렇지. 잘해주려고 한 건데 오히려 바닷새는 죽고 말았어.”

“생선을 주면 좋아했겠죠.”

“그렇지. 그런데도 노후는 바닷새가 원하는 게 아니라 저 좋을 대로 한 거지.”

“그렇네요.”

한숨을 쉬며 고개를 끄덕였다.

“그럼 바닷새가 원하는 게 뭐일 것 같냐?”

"자유롭게 날아다니고 생선을 잡아먹는 거 아닐까요."

"그렇지. 누구에게 잘해주고 싶다면 그 사람이 원하는 대로 해주라는 소리야."

"아, 그럼 노후처럼 하면 안 되겠네요."

"그럼. 내가 좋다고 무조건 상대에게 강요하면 결국 그 사람을 죽이는 거야. 그건 폭력이지."

"에. 폭력?"

순간 찔끔하며 몸이 부르르 떨렸다. 요새 툭 하면 깡패에게 맞고 다니는데 할아버지와 읽는 장자에서 폭력이 나오다니. 나도 모르게 몸이 움츠러들었다.

"할아버지."

"응?"

"인간의 본성이 뭐라고 생각하세요?"

"넌 뭐라고 생각하는데?"

할아버지가 되물었다.

"악이요."

"뭐라고?"

"남보다 힘이 세다고 때리고 저 좋을 대로 하잖아요. 저만 좋다고 제멋대로 하는 사람들도 많고요."

나도 모르게 주먹을 불끈 쥐었다.

"깡패도 그렇고요."

"깡패?"

할아버지가 어리둥절한 눈으로 쳐다봤다.

"…이를테면 그렇다는 거죠."

얼른 책으로 눈을 떨어뜨렸다.

"갑자기 깡패는 왜?"

"그, 그냥요."

당황해서 말을 더듬었다. 할아버지가 빙긋 웃음을 물었다.

"그래, 그럼 깡패를 예로 들어볼까? 깡패라고 해서 악만 있을까?"

"악만 있겠죠, 뭐."

할아버지가 날 가만히 쳐다보았다. 무릎 위에 쥐고 있던 주먹을 슬그머니 풀었다.

"한번 더 생각해보고. 그래 그럼, 오늘은 여기까지 하자."

할아버지가 자리에서 일어섰다. 씻으려는 듯 욕실로 들어갔다.

터덜터덜 아래층으로 내려왔다. 식탁 등이 켜져 있고 잠옷 바람의 엄마가 물을 마시고 있다. 방으로 가려다가 멈춰섰다.

"엄마, 나 강남에 있는 학원 다니면 안 될까?"

"강남? 그렇게나 멀리?"

엄마가 의아한 듯 쳐다보았다.

"왜 뭐 듣고 싶은 거라도 있어?"

"응, 수학…."

엄마가 빤히 보았다. 어쩐지 속을 들킨 것 같아 눈을 피했다.

"할아버지께 여쭤보고."

"왜 그런 것까지 허락을 받아야 돼?"

뚱하게 되물었다.

"그럼, 은혜는 뭐야?"

일부러 투덜거렸다.

"근처도 많은데 멀리 강남까지 다닐 필요 있어?"

"필요하니까 그렇지."

볼멘소리를 냈다. 아무거나 상관없다. 이 근처에서 벗어날 수만 있다면. 그래서 두 마디와 안 마주칠 수만 있다면.

"삼촌한테 배우지 그래?"

"삼촌은 문과 출신이라 수학은 약하잖아."

"그런가?"

"일단 할아버지께 여쭤보고…"

엄마가 피곤한지 눈두덩이를 눌렀다. 일찍 출근하는 편이라 벌써 잠자리에 들었어야 할 시간이다.

"왜 그런 것까지 일일이 허락을 받아야 해?"

"할아버지 말씀이 옳잖니."

엄마가 주방의 식탁 등을 껐다. 방으로 돌아와 책을 내려놓고 거울을 봤다. 아직 눈 밑에 희미하게 멍 자국이 있다. 침대로 기어들어 갔다. 눈을 감자 자꾸 두 마디에게 얻어맞던 모습이 생각났다. 미치겠네. 이불을 뒤집어썼다. 탁상시계가 째깍째깍 돌아갔다. 골목으로 차들이 빵빵거리며 지나갔다.

이불을 걷어찼다. 한 번 더 생각해보라고? 아니, 깡패는 그냥 깡패일 뿐이다. 돌아누웠다. 다시 이불을 머리끝까지 썼다. 아아, 내가 바닷새라면 깡패고 선배고 없는 곳으로 훨훨 날아갈 텐데. 미치겠다. 몸을 뒤척일 때마다 침대 스프링이 끼익끼익 소리를 냈다.

11 소문

점심시간에 혼자 터덜터덜 운동장으로 나갔다. 답답해서 바람이라도 쐬고 싶었다. 스탠드 맨 앞에 앉아 멍하니 건너편을 보고 있었다. 옆이 시끄러웠다. 애들이 삼삼오오 모여 웃고 떠들며 노닥거리고 있었다. 뒤쪽에서 와르르 웃음소리가 터졌다. 화단 앞에 우리 반 애들이 무리 지어 떠들고 있는 게 보였다.

운동장에는 여느 때처럼 축구부들이 연습하고 있었다. 공이 바람을 가르고 날아갔다. 골대를 맞고 튕겨 나오자 우르르 뛰어갔다. 운동장에 먼지 바람이 자욱했다. 호각소리가 길게 울렸다. 연습이 끝났는지 축구부들이 여기저기 털썩털썩 주저앉았다. 모두 어깨를 거칠게 들썩이고 있었다. 그 모습을 멍하게 바라보았다. 어쩐지 요즘의 내 모습 같았다. 하늘로 고개를 들었다. 뭉게구름이 느리게 흘러가고 있다. 저걸 타고 나도 어디론가 사라지면 좋겠다.

철썩 뒤에서 누가 등을 내리쳤다. 놀라 돌아보자 하경이가 아이스크림을 들고 뛰어내렸다.

"야 너 대단하다, 대단해. 존경한다."

"뭐?"

"너 나한테까지 거짓말이냐. 진짜 대단하다. 그래, 그 정도 미인과 사귀려면은 그래야 되겠지."

녀석이 머리를 절레절레 흔들었다.

"너도 헛소문 듣고 그러냐."

"무슨 헛소문. 헛소문 아니던데. 너랑 두 마디랑 사귄다고 학교에 소문 쫙 났어, 야."

"헐."

어이가 없어 손으로 머리를 감쌌다.

"야 네가 보기에도 내가 두 마디랑 사귈 만큼 잘생겼냐?"

"아니."

"내가 그만큼 키가 커?"

"아니."

"내가 그만큼 인기 있어?"

"아니."

"근데 그 소문 믿어?"

"응."

하경이 히죽히죽하며 머리를 끄덕였다.

"아니라고."

"그래, 그래."

"정말 아니라고."

"어, 그래, 그래. 자식 사귀는 거 맞네."

하경이가 툭툭 어깨를 두드렸다.

"난 그런 소문이라도 좀 났으면 좋겠다."

"아니라니까."

"그래, 그래. 부러운 놈."

"당사자는 죽을 맛이다."

"부러운 놈. 그럼 죽을 맛이지. 그런 미인하고 사귀는데."

"아니라니까."

하경의 목을 잡고 흔들었다.

"힘들어 죽겠다고."

"그래, 그래. 그런 미인하고 사귀는데 힘들겠지."

"아니라고."

다시 자리에 털썩 주저앉았다.

"부러운 놈."

"너 끝까지 이럴래?"

“어. 배 아프거든. 한 번도 여자라곤 사귀어 본 적도 없는 놈이 첨 사귀는 게 두 마디냐고? 난 말도 한 번 못 붙여봤는데.”

하경이 분해 죽겠다는 듯 식식거렸다.

“아, 미치겠네. 그만해라. 나 안 그래도 죽겠다.”

“뭐 그렇게 인기녀하고 사귀려면 죽겠지. 뭐 어쩔 수 없지.”

“안 그래도 수시로 전산부장, 학생회장이 불러서 죽겠다.”

“겨우 그거 가지고?”

“그럼?”

“너 쪼끔만 있어 봐.”

“왜?”

무슨 소리야 하며 하경을 쳐다보는데 뒤에서 여자애가 불렀다.

“야. 박평재.”

모르는 애였다.

“나?”

“그래. 너, 박평재.”

“….”

“정한 오빠가 너 불러오래.”

“누가? 정한?”

“축구부 주장, 정한 오빠. 오빠가 너 불러오래. 빨리 가.”

"왜?"

하고 하경을 쳐다보았다.

"몰라서 묻냐?"

하경이 옆에서 깐죽거렸다.

"그거?"

"응. 잘 갔다 와."

히죽이며 날 향해 손을 흔들었다. 운동장을 향해 달려가는 여자애의 뒤를 따랐다. 골대 옆에 사람들이 모여 있었다. 새침한 표정으로 팔짱을 낀 여자들이 둘러서 있고, 축구부원들은 그 옆 벤치에 걸터앉아 있었다. 내가 다가가자 일제히 쳐다보았다. 그 한가운데에 2학년 축구부장이 있었다. 가까이 오라는 듯 손을 까딱였다. 옆으로 가자 여자들이 나를 빙 둘러쌌다. 마치 사람으로 장막을 치는 것 같았다. 그리곤 모두 눈에 날을 세우고 쳐다봤다. 옆의 벤치에 걸터앉아 있는 축구부원들도 날 노려보고 있었다. 무슨 일인지 몰라도 벌써부터 기가 죽었다.

"네가 박평재야?"

축구부장이 앞으로 팔짱을 끼었다.

"…예."

"나 축구부 주장 안정한이다."

"예, 선배님."

"너 유시아하고 사귀냐?"

"…아, 아닌데요…."

눈앞에 검고 단단한 팔뚝이 보였다. 키가 나보다 한 뼘은 더 컸다. 축구부장은 눈이 부리부리하고 생김새가 시원시원했다. 떡 벌어진 어깨와 큰 키에 나도 모르게 주눅이 들었다. 팔짱을 끼고 사람을 내려다보고 있는 눈에서 자신감이 뚝뚝 떨어졌다. 하지만 지금은 그 눈이 기분 나쁜 듯 노려보고 있다. 그뿐이 아니었다. 축구부장의 팬클럽인지 수십 명의 여자들도 날 일제히 째려보고 있었다. 침을 꿀꺽 삼켰다.

"그런 소리 안 들리게 해라."

"아, 예."

머리를 꾸벅했다.

"또 이상한 소리 들리면 재미없다."

안정한이 눈을 부라렸다. 여자들이 날 노려보고 벤치에 앉은 축구부원들은 바닥에 침을 뱉고 있었다. 마치 보라는 듯 일부러 그러는 것 같았다.

"개 옆에서 얼씬거리지 마."

"아, 예."

나도 얼씬거리고 싶지 않다고. 여자들이 겹겹이 에워싸 바깥이 보이지도 않았다. 등으로 툭툭 땀이 떨어졌다. 길을 터줄 때까지는 갈 수도 없을 것 같았다. 한참 후 터덜터덜 하경이가 있는 곳으로 가자 빤히 쳐다봤다.
“축구부장?”
“어.”
“전에 내가 그랬잖아. 열 번 차였다고.”
“하아.”
“거봐. 너 인제 시작이야.”
녀석이 빙글빙글 웃으며 말한다.
“뭐가.”
“인제 봐라. 두 마디한테 차인 선배들은 다 부를 거다.”
“하아. 대체 차인 사람이 누구누구 있어?”
“보자. 학생회장이랑 전산부장이랑 축구부장이랑… 어 유도부장.”
“뭐? 유도부장?”
“어 유도부장도 차였나 봐.”
“왜?”
“저기 오잖아.”
하경이가 앞을 보며 히죽거렸다. 놀라 돌아보자 유도복 차림의 덩치가 쿵쿵거리며 다가왔다.
“야 박평재.”
“가봐.”
하경이 속삭이며 손을 흔들었다. 어휴, 이 자식을. 아주 재미있어 죽겠다는 표정을 하고 있다. 어깨를 툭 떨어뜨리고 덩치들의 뒤를 따랐다. 둘 중 한 덩치는 머리를 노랗게 물들인 최 씨 할아버지의 손자였다. 녀석이 날 돌아보며 히죽 웃었다. 지난번 담배 피우다 들켰을 때 주먹을 흔들던 이유를 알 것 같았다. 덩치들을 따라 스탠드를 내려갔다. 운동장을 가로질러 별관 1층의 체육관으로 향했다. 묵직한 문을 열자 기합과 함께 대련하고 있던 유도부가 상대를 바닥에 메다꽂았다. 체육관이 울리는 소리가 났다.

"유도부장님. 박평재 데려왔습니다."

노랑머리가 우렁찬 목소리로 외쳤다. 메다꽂은 사람이 가까이 오라는 듯 손짓을 했다. 노랑머리가 뒤에서 날 떠밀었다. 가까이 가자 유도부장이 목을 우두둑우두둑 꺾었다.

"네가 유시아랑 사귄다며?"

"…아닌데요."

얼떨떨한 채 고개를 저었다. 유도부장이 흘러내린 허리띠를 묶었다. 검은색이었다. 얼굴은 각이 졌고 두툼한 상체와 허리도 사각형이었다. 사각형 얼굴이 날 쳐다보았다.

"아닌 거 확실하지?"

죽 찢어진 눈으로 노려봤다.

"…예, 아닌데요."

우두둑하는 소리에 돌아보자 유도부원들이 잡아먹을 듯

노려보며 일제히 손을 꺾고 있었다.

"너 계속 이상한 소리 들리면 재미없어."

"어, 예."

작은 소리로 대답했다. 떡대 같은 유도부장하고 날 빙 둘러싸고 있는 유도부원들 때문에 기가 죽었다. 한쪽에서 노랑머리가 연신 히죽거리고 있었다. 재미있어 죽겠다는 표정이었다.

"유시아 근처 얼씬도 하지 말고."

"예…."

도망치듯 체육관을 뒤로했다. 화단 앞에서 하경이 기다리고 있었다.

"유도부는 또 왜 그래?"

"아, 몰라."

머리를 저으며 빨리 걸었다. 누구한테 또 걸리기 전에 어서 학교를 벗어나야 한다.

"또 두 마디? 대체 몇 명이야?"

옆에서 열심히 손가락을 세고 있다.

"…?"

"이제껏 두 마디한테 차인 놈들이 줄줄이 널 불러대고 있잖아."

식식거리며 침을 튀겼다.

"네 여친 대단하다."

"여친 아니라니까."

학교를 빠져나오자 그제야 한숨이 나왔다. 버스정류장으로 갔다.

"나, 데이트."

버스가 오자마자 하경이 뛰어가 탔다. 정류장에 혼자 덜렁 남았다. 손으로 얼굴을 비볐다. 하루 종일 선배들 등쌀에 정신을 차릴 수가 없었다. 거울을 보지 않아도 틀림없이 얼빠진 얼굴일 것이다.

12 어제도 고양이, 오늘도 고양이

아까부터 낯선 골목에서 뱅뱅 돌고 있다. 여기가 어디지? 혼자 우왕좌왕 왔다 갔다 하고 있었다. 계단이 있어 올라가자 썰렁하게 담벼락이 앞을 가로막았다. 막다른 길이었다. 다시 돌아 내려왔다. 이번에는 반대쪽의 길로 가봤다. 한참을 걸었다. 이 정도 걸었으면 큰길이나 뭐가 나와야 할 텐데. 답답했다. 머리를 젓다가 다시 돌아 나왔다. 두 마디를 피하려고 길을 빙 돌았다가 엉뚱한 데로 와 버렸다.

미로 같은 골목을 겨우겨우 빠져나왔다. 학원수업은 진즉 끝나버렸고 차라리 잘됐다. 다리가 아파 터벅터벅 버스정류장으로 걸었다. 플라스틱 의자에 엉덩이를 걸쳤다. 종아리를 손으로 주물렀다. 전광판을 보았다. 집 근처에서 본 적 있는

번호가 눈에 띄었다. 옆에는 회사원으로 보이는 남자가 앉아 있었다. 무릎에 서류봉투를 올려놓고 핸드폰을 만지작거리고 있었다.

타려는 버스가 와서 올라탔다. 텅텅 빈 의자 사이를 걸어가 옆에 가방을 내려놓고 앉았다. 한숨을 쉬며 다리를 뻗었다. 바깥 풍경을 쳐다보고 있는데 문득 눈앞이 흐려졌다. 덜컹, 하는 소리에 눈을 떴다. 버스가 크게 흔들리더니 멈추었다. 손으로 입가의 침을 닦으며 창밖을 내다보았다. 여기가 어디야? 멈췄던 버스가 다시 달리기 시작했다. 밖으로 길게 목을 뺐다. 어라? 거리가 낯설었다. 처음 보는 건물들이 휙휙 스쳐 지나갔다. 눈을 문지르며 다시 살펴보았다. 우리 동네가 아니었다.

"아저씨, 여기 어디예요?"

벌떡 일어나 앞쪽을 향해 소리쳤다. 버스에는 나밖에 없었다.

"방송 못 들었어?"

기사 아저씨가 되물었다.

"저, 죄송해요. 졸다가…"

"신내동이잖아."

"…예?"

이럴 수가. 우리 집과 완전히 딴 방향이었다. 정거장을 대체 몇 개나 지나친 것일까.

"다음 정거장은 구리야."

아저씨가 고개를 돌리고는 말했다.

"…예? 저 내려요."

허둥지둥 문으로 달려갔다. 버스는 덜렁 아파트 공사장 앞에 날 떨구고 가버렸다. 반쯤 올라간 콘크리트 건물이 괴괴하게 어둠에 잠겨 있었다. 철근이 비죽비죽 솟아 있었다. 차가 지나갈 때마다 황량한 공사장이 섬뜩하게 드러났다. 한숨을 쉬며 머리칼을 쓸어 넘겼다. 하마터면 경기도까지 넘어갈 뻔했다. 시계를 보니 벌써 11시가 넘었다. 반대편으로 건너가 버스를 기다렸다. 하지만 한참 동안 기다려도 버스는 오지 않았다.

사방을 두리번거렸다. 정류장 뒤편은 들판이었다. 가로등 빛도 닿지 않은 그곳은 칠흑이었다. 어둠 속에서 뭔가가 스스스 움직였다. 풀이 흔들리는 기척이 났다. 뭐야? 가슴의 고동이 빨라졌다. 어둠 속에 둥근 노란빛이 흔들리고 있었다. 그리곤 휙 사라졌다. 고양이? 놀라 가슴을 쓸었다.

핸드폰으로 내가 있는 위치를 찾아보았다. 앞의 아파트 너머에 전철역이 있었다. 핸드폰을 쥐고 그쪽으로 서둘러 걷기 시작했다. 주유소가 나왔다. 소방서와 대형마트를 지나 유치원 건물을 스쳐 지나갔다. 그 옆으로 아파트 단지가 보였다.

단지 옆으로 난 길을 빠르게 걸었다. 다리가 뻐근했다. 핸드폰으로 볼 때는 그렇게 멀지 않았는데 거리가 제법 있었다. 이윽고 저편으로 전철역이 나타났다. 걸음을 서두르는데 핸드폰이 울렸다.

"어디냐?"

할아버지였다.

"어. 학원 근처요…."

엉겁결에 그런 소리가 나왔다.

"그래. 안 오길래 전화했어."

"…네. 금방 들어가요."

"알았다."

전화가 끊겼다. 마음이 급해 전철역 계단을 뛰어 올라갔다. 표를 끊고 승강장으로 달렸다. 전철을 기다리며 계속 서성였다. 전철이 들어오는 소리에 뛰듯이 올라탔다. 의자가 텅텅 비어 있지만 앉을 생각도 나지 않았다. 문 옆의 기둥을 잡고 서 있었다. 어둠 속으로 건물과 불빛들이 더디게 흘러갔다.

전철이 우리 동네에 서자마자 뛰어내렸다. 계단을 달음질쳤다. 개표구를 쏜살같이 빠져나왔다. 역 바깥으로 뛰쳐나가 집을 향해 뛰었다. 숨이 턱에 닿도록 달렸다. 집이 있는 골목으로 접어들었다. 한달음에 상가주택까지 뛰었다. 1층 식당은 벌써 불이 꺼져 있었다. 헉헉거리며 계단을 올라갔다. 사무실들도 모두 컴컴했다. 숨을 몰아쉬며 4층의 철 대문을 열었다.

"평재냐?"

계단 위에서 할아버지의 목소리가 울렸다.

"…네."

"알았다."

슬리퍼 소리와 함께 문소리가 났다. 현관문 닫히는 소리를 듣고 나도 집으로 들어갔다. 숨을 돌릴 겨를도 없이 까치발을 한 채 거실을 지났다. 집 안의 모든 불은 꺼져 있었다. 방문을 닫고 침대에 털썩 주저앉았다. 온몸이 땀에 흠뻑 젖어 있었다.

다음 날 아침 눈이 퉁퉁 부어 있었다. 자기 전에 물을 왕창 마신 게 탈이었다. 운동화를 신고 골목으로 내려갔다. 할아버지는 벌써 몸을 풀고 있었다. 날 보고는 별말이 없었다. 다행이었다. 할아버지가 앞장서 뛰기 시작했다. 나도 주먹을 불끈 쥐고 달렸다. 두 마디, 두고 봐라. 내가 언제까지 맞고 있을 줄 아냐. 하지만 마음과 달리 다리가 자꾸 비틀거렸다.

산에서 내려와 학교 갈 준비를 했다. 교복을 입은 뒤 가방을 챙겨 나왔다. 엄마가 아침을 준비하고 있었다. 옷을 갈아입다 나왔는지 밑에는 파자마, 위에는 블라우스 차림이었다.

"아침부터 웬 고기야?"

프라이팬에서 불고기가 지글지글 익고 있었다.

"응, 할아버지가 너 좀 먹이라고 해서."

"할아버지가?"

"응. 너 기운 없어 보인다고."

깔깔한 입에 억지로 불고기를 밀어 넣었다. 이거 먹고 기운을 내자. 그래서 선배들하고도 싸우고 두 마디하고도 싸우자. 주문처럼 되뇌며 우걱우걱 고기를 씹었다.

"엄마, 아침부터 웬 고기?"

은혜가 눈을 찡그렸다.

"넌 왜 안 먹어?"

입에 고기를 가득 집어넣은 채 물었다.

"난 다이어트 중."

은혜가 눈을 깜빡이며 교복 칼라를 손으로 만졌다. 엄마가 은혜 앞에 밥공기를 내려놓았다.

"너무 많은데."

눈을 찌푸리고 있다.

"나 다이어트 한단 말야."

"그 몸에 무슨 다이어트야."

엄마가 벽시계를 쳐다보더니 앞치마를 풀었다.

"먹고 그릇은 싱크대에 넣어 놔."

바쁘게 안방으로 사라졌다.

"너 안 먹냐?"

"응."

은혜가 샐쭉하게 쳐다보았다.

"그럼 내가 다 먹는다."

불고기 접시를 내 앞으로 끌어당겼다. 접시를 싹싹 다 비웠다. 고기를 먹었더니 힘이 나는 것도 같다. 으랏차. 현관 앞에서 기합을 넣었다. 주먹을 쥐고 계단을 달려 내려갔다.

고개를 내밀고 골목을 살폈다.

무슨 소리가 나나 귀를 세웠다. 아무 소리도 들리지 않았다. 그제야 걷기 시작했다. 어제는 길을 너무 멀리 돌아 딴 데로 새버렸다. 그래도 보람은 있었다. 두 마디와 마주치지 않았다. 두 마디와 안 부딪치니까 선배들도 부르지 않았다. 진짜 살 것 같았다. 오늘도 역시 딴 길이다. 바보가 아닌 다음에야 두 마디가 나타나는 골목은 피해야 한다.

놀이터가 있는 골목으로 빠졌다. 조금 가자 공터가 나왔다. 가로등 아래 빈 박스와 소파가 버려져 있었다. 고양이가 발톱으로 소파를 긁고 있다가 튀어 사라졌다. 철렁했다. 어제도 고양이, 오늘도 고양이. 휴 가슴을 쓸었다. 공터를 지나자 다시 어두컴컴한 골목이었다.

와락 어둠 속에서 누가 멱살을 낚아챘다. 그대로 벽에 메다꽂았다. 두 마디였다. 무릎에 조인트가 날아왔다. 어이쿠. 눈물이 찔끔 날만큼 아팠다.

"잔머리 굴리지 마라."

낮은 소리로 을러대었다.

"무슨 말 했어?"

"아니, 아무 말도."

"그럼 축구부는 뭐야?"

"…그건 축구부장이…."

아차 싶어 입을 다물었다.

"뭐?"

"아냐, 아냐."

목이 확 졸렸다. 숨쉬기가 힘들었다. 벗어나려고 버둥거리자 바로 조인트가 날아왔다. 맞은 데 또 맞아서 너무 아팠다. 몸을 부르르 떨었다. 두 마디가 주먹을 치켜들었다. 눈을 질끈 감고 고개를 옆으로 돌렸다.

"쓸데없는 소리 하고 다니면 죽는다."

눈을 뜨자 주먹이 바로 코앞에 있었다.

"알았어?"

끄덕끄덕했다. 두 마디가 멱살을 놓았다. 살았다. 스륵 몸에서 힘이 빠졌다. 그 순간 옆구리에 펀치가 들어왔다. 컥, 하고 허리가 꺾였다. 그때를 기다렸다는 듯 명치로 연타가 날아들었다. 무릎이 꺾였다. 비명도 못 지르고 주저앉았다. 고개를 밑으로 처박고 컥컥거렸다.

13 순찰

체육관의 문을 열자 땀 냄새가 훅 끼쳤다. 열심히 샌드백을 두드리는 사람이 보이고 링 위에는 두 사람이 맞붙어 있었다. 꽝, 하는 소리와 함께 한쪽이 나가떨어졌다. 쓰러진 사람 위에 올라타서 주먹을 날린다. 사정없이 때린다. 그래, 바로 저거야. 속으로 무릎을 쳤다. 저런 걸 배워야지. 체육관의 활기에 푹 빠져 버렸다. 정신없이 보고 있는데 할아버지가 링 쪽으로 데려갔다.

"김 관장. 내 손자야."

그 소리에 키 크고 체격 좋은 남자가 링에서 풀쩍 뛰어내렸다. 얼굴이 강단 있어 보인다.

"아, 네가 평재냐?"

"예. 처음 뵙겠습니다."

꾸벅 인사를 하는데 옆에서 할아버지가 말했다.

"나랑 매일 아침 산을 뛰니까 체력이 없진 않아."

"아, 그래요."

관장 아저씨가 손에 미트를 끼고 오더니 날 향해 돌아섰다.

"그럼, 어디 한번 볼까? 쳐봐."

퍽 쳤다. 관장 아저씨의 눈썹이 꿈틀했다.

"장난치지 말고 힘껏."

다시 힘껏 때렸다.

"계속 쳐봐."

그 소리에 계속 미트를 때렸다. 아저씨가 탐탁지 않은 소리로 외쳤다.

"이래서 깡패 만나면 싸우기라도 하겠냐?"

깡패? 움찔했다. 있는 힘껏 쳤다. 계속 때렸다. 숨이 찼다. 헉헉거리기 시작했다. 점점 숨이 가빠지면서 팔에 힘이 들어가지 않았다. 다리도 휘청거렸다.

"힘들지? 처음 이런 데 오면 1분도 힘들어."

"예…."

"그러니까 기초체력부터 올린 다음에 하자. 줄넘기 500개 할 수 있지?"

"…예, 지금요?"

헉헉거리며 물었다.

"아니, 숨 고른 다음에 해."

뒤쪽의 의자에 걸터앉았다. 고개를 떨구고 헉헉거렸다. 완전 녹초가 되었다. 이거도 쉬운 게 아니네.

"그래도 어르신하고 운동해서 그런지 기초체력이 있는 편인데요."

"어, 그래."

뒤쪽에서 할아버지와 관장 아저씨가 하는 얘기가 들렸다. 얼굴의 땀을 닦으며 그 소리를 들었다. 숨을 고른 뒤 줄넘기를 집었다. 뛰면서 링 위에서 스파링하는 사람들을 쳐다보았다. 직접 해보니까 저 사람들이 대단하게 보인다. 옆으로 고개를 돌렸다. 후드티의 모자를 눌러쓰고 샌드백을 치고 있는 사람이 보였다. 심장이 쿵 떨어졌다. 아냐. 아닐 거야. 머리를 흔들었다. 후드티라고 다 걔가. 다시 조심조심 살펴보려고 하는 찰나 후드티가 이쪽을 찌릿 하고 쳐다보았다. 설마. 그 순간 후드티가 샌드백에 로킥을 날리고 보디블로를 먹였다. 나도 모르게 헉했다. 속이 울렁거리고 명치가 찌르르했다. 줄넘기가 발에 걸리는 바람에 비틀거렸다. 재는 왜 도대체 내가 가는 데마다 있는 거야? 진짜 미치겠다.

운동이 끝나고 할아버지와 함께 체육관을 나섰다. 계단을 올라갔다. 위에서 쿵쿵 하는 소리가 들렸다. 체육관은 헬스장 지하 1층에 있었다.

"…저, 할아버지."

"응?"

"…저, 딴 데 다니면 안 돼요?"

눈치를 보았다.

"왜? 여기가 제일 나은데."

"그래도 딴 데도 좀 알아보고…"

"왜 맘에 안 드냐?"

"그건 아니고요…"

눈을 피하며 우물쭈물했다. 다행히 거리의 번쩍거리는 네온사인이 당황한 얼굴을 감춰주었다.

와락 칠흑 속에서 목을 낚아챘다. 벽에 밀어붙였다. 오늘도 후드티를 푹 눌러쓰고 있는 모습이 보였다.

"왜 자꾸 얼쩡거려?"

목을 눌렀다. 숨을 쉴 수가 없어 괴로웠다.

"…일부러 그런…."

"누가 변명하래."

퍽, 명치에 주먹이 들어왔다. 허리가 접혔다. 몸을 숙인 채 컥컥거리고 있는데 이번에는 허벅지를 찍어버렸다. 비명조차 나오지 않았다.

"얼쩡거리지 마라."

쭈그린 채 컥컥거리고 있는데 머리를 잡더니 뒤로 꺾어버렸다. 그리곤 어둠 속으로 사라졌다.

집에 와 방문을 닫았다. 가방을 던지고 침대에 털썩 앉았다. 손으로 머리칼을 쥐어뜯었다. 왜 내게 이런 일이 일어났는지 알 수가 없었다. 아직도 몸이 부들부들 떨리고 있었다. 한참을 그렇게 죽은 듯이 앉아 있었다.

일어나 참고서를 옆구리에 끼었다. 신발을 신으려고 몸을 숙이자 명치가 당기고 욱신거렸다. 얼굴을 찡그리며 계단을 올라갔다. 옥상에는 사복 차림의 김 순경이 와 있었다.

"오셨어요?"

"어, 그래. 별일 없지?"

번쩍 손을 들었다. 평상에는 족발과 맥주병이 흩어져 있었다. 둘이서 배달 족발에 맥주를 마시고 있었다. 김 순경의 옆쪽으로 가서 걸터앉았다.

"…저 순찰도 하고 그러시죠?"

"응, 하지."

"몇 시쯤 하세요?"

"그때그때마다 다른데. 왜?"

김 순경이 컵을 내려놓으며 돌아보았다.

"갑자기 순찰은 왜?"

영재 삼촌이 궁금한 듯 눈을 끔벅였다. 무시하고 계속 물었다.

"어, 그럼 큰 사거리 학원 많은 데 그쪽도 하시겠네요?"

"응, 우리 구역이니까 하지."

"그럼 밤에도 하세요?"

"아니, 밤에는 안 가는데. 거기 사람 많은 곳은 안 가고, 으슥한데 가지. 거기 재개발구역이나."

"애들 거기서 담배 피우고 그러는 것 같던데."

"어? 그래? 신경 써봐야겠네."

김 순경이 머리를 끄덕였다.

"그래도 학원 쪽도 혹시 애들 나올 때 위험할 수도 있으니까 순찰하는 게…"

"거긴 사람 많으니까 무슨 일 있으면 연락 오겠지, 뭐."

대꾸가 시원찮았다. 이쪽으로 오더니 별로 일할 생각이 없어 보였다. 아, 안 되나? 경찰차가 왔다 갔다 하면 두 마디가 나타나는 일도 없을 텐데. 속상했다. 내 표정을 봤는지 영재 삼촌이 물었다.

"뭘 그렇게 꼬치꼬치 물어?"

"…아니, 뭐 그냥."

"너 저번에 협박도 범죄냐고 물었잖아?"

날 요리조리 뜯어보았다. 뜨끔했다.

"아, 그냥."

다른 데 보는 것처럼 눈을 돌렸다.

"응 그건 그렇고 기태야."

영재 삼촌이 김 순경을 향해 돌아앉았다.

"여자랑 데이트하면서 가봤는데 디저트 카페 하면 금방 돈 벌 거 같더라."

"그러냐?"

"디저트 카페에서 케이크 요만한 게 4~5천 원인데 여자들이 그걸 두세 개씩 시켜 먹더라고. 그런 거 하면 금방 돈 벌 수 있을 거 같아. 인테리어 조금 하고. 우리 둘이서 말야."

"파출소 순경보다야 낫겠지."

김 순경이 한숨을 쉬었다. 둘이서 머리를 맞대고 창업비 마련에 대해서 떠들고 있었다. 어이가 없어 쳐다봤다. 지난번은 치킨 가게더니 오늘은 디저트 카페. 계속 새로운 가게를 오픈하고 있었다. 평상에서 일어나 난간 아래를 보았다. 가로등이 비추는 골목은 오늘따라 조용했다. 두 마디를 어떻게 피하나? 학원은 제치고 체육관은…. 어휴, 왜 이렇게 일이 꼬이냐. 뒤에서 인테리어 어쩌고 하는 태평한 소리가 들렸다.

14 외식

"다녀왔습니다."

어깨가 축 처진 채 집으로 들어갔다. 여느 때처럼 엄마가 저녁을 준비하고 있었다. 아버지가 소파에서 신문을 읽다가 쳐다보았다.

"너 왜 이렇게 기운이 없어?"

"예? 아 아닌데."

당황해서 고개를 저었다.

"공부가 힘들어서 그래?"

"아 아니요…."

대답이 궁해 안절부절못하고 있는데 아버지가 신문을 접고 일어섰다.

"여보. 오늘 저녁 나가서 먹을까?"

"그래요, 그럼."

엄마가 대답하자 아버지가 말했다.

"할아버지하고 삼촌 오시라고 해라."

"네."

부랴부랴 계단을 올라갔다. 학원을 빠진 은혜까지 온 식구가 모였다. 주말도 아닌 평일 저녁에 이렇게 다 함께 모이기는 쉽지 않았다. 저녁 메뉴를 정할 때 역시나 엄마는 할아버지에게 선택권을 맡겼다.

"아버님, 뭐 드시고 싶은 거 있으세요?"

"평재도 요새 기운 없어 보이고 고기 먹는 게 낫지 않아?"

"네, 그럼 어디가 좋을까요?"

"감자탕 잘하는 집 있는데 그리로 갈까?"

"네. 그러세요."

모두 선선히 고개를 끄덕였다. 나만 화들짝 놀랐다. 감자탕! 갑자기 머릿속에서 쥐가 났다. 옆에서 걷고 있는 은혜를 힐끔 쳐다보았다. 다이어트를 한다면서 고기를 먹으러 간다는데 별말이 없었다. 은혜 옆으로 딱 붙어서 소곤거렸다.

"야, 너 다이어트 한다며, 감자탕 엄청나게 찌는데?"

"괜찮아. 내일부터 할 거야."

천하태평이다. 얼른 영재 삼촌 옆으로 가서 옆구리를 찔렸다.

"왜?"

"다른 데 가자고 해봐."

"난 괜찮은데."

영재 삼촌이 슬리퍼를 직직 끌며 귀찮다는 듯 말했다. 어쩐지 고기 할 때부터 불안하더라니. 결국 또 감자탕집이었다. 걸음이 더욱 느려졌다. 사거리를 건너 감자탕 가게가 있는 골목으로 접어들었다. 가게가 가까워질수록 심장이 빨리 뛰었다. 이마에서 식은땀이 났다. 설마 걔와 마주치면? 아직 초저녁인데 벌써 나타날 리 없잖아. 애써 마음을 다독였다.

"어서 오세요."

식당으로 들어가자 하필 두 마디의 엄마가 우리를 맞았다. 저녁 시간이라 안이 북적거리고 있었다. 아줌마가 안쪽 자리로 안내했다.

"가족분들이신가 봐요."

아줌마가 물잔을 내려놓으며 말했다. 다른 때와 달리 표정이 밝지가 않았다.

"응."

할아버지가 머리를 주억거렸다.

"어떻게 드려요?"

아줌마가 물었다.

"대 자 두 개면 될 것 같은데요."

아버지가 할아버지에게 말했다.

"응. 그렇게 줘."

난 건너편에 앉아 자꾸 물을 마셨다. 연신 문 쪽을 보았다. 걔가 나타나나 안 나타나나. 감자탕은 얼른 안 나왔다. 빨리 나오면 좋겠는데. 안절부절 안을 둘러보았다. 한참 후 아줌마가 탕 냄비를 들고 와 내려놓자 얼른 불을 켰다. 있는 대로 불을 세게 했다. 하지만 도무지 끓을 기미가 없었다. 계속 뚜껑을 열었다 닫았다 하는데 영재 삼촌이 손을 때렸다.

"그냥 둬."

"안 끓으니까 그렇지."

"자꾸 열었다 닫았다 하면 더 안 끓어."

그리곤 냄비 뚜껑을 덮었다. 감자탕을 뚫어져라 쳐다보았다. 얼른 끓어라, 빨리빨리. 탕 냄비를 한 번 보고 다시 문 쪽을 보았다. 진짜 죽어도 안 끓었다. 이윽고 감자탕이 끓기 시작했다. 얼른 그릇에 떠 담았다.

"할아버지, 드세요."

감자탕을 앞에 내려놓았다.

"그래. 어서들 먹거라."

할아버지가 식구들을 둘러보았다. 모두 먹기 시작했다. 옆을 보니 은혜가 커다란 뼈와 씨름하고 있었다.

"야, 줘봐. 내가 해줄게."

"괜찮아."

고집스럽게 고개를 저었다. 빼앗다시피 접시를 가져왔다. 살을 발라 주자 은혜가 입을 샐쭉거렸다.

"넌 안 먹니?"

엄마가 쳐다보았다.

"먹어요."

허겁지겁 뼈를 들고 뜯었다. 문소리가 날 때마다 쳐다보았다. 그리곤 속으로 휴, 했다.

"이 집 장사가 잘되네."

영재 삼촌이 이런 식당 하려면 얼마나 들지? 하는 눈으로 안을 둘러보고 있었다. 냄비가 거의 비자 영재 삼촌이 손을 번쩍 들었다.

"여기 밥 좀 볶아주세요."

아줌마가 재료를 들고 우리 자리로 왔다. 국물을 떠내고 밥을 볶기 시작했다. 다른 때 같으면 수다스럽던 아줌마가 오늘따라 말이 없었다.

"왜 무슨 일 있어?"

할아버지가 묻자 아줌마가 작게 한숨을 쉬었다.

"네. 지금 이사를 하려는데 마땅한 집이 없네요."

"얼마 전에는 괜찮다고 했잖아."

"네. 그랬는데. 거기 주인 할아버지가 집을 팔았어요. 안 판다고 했는데…"

아줌마가 얼굴을 찡그렸다.

"그럼 얼른 딴 데 알아봐야지."

"네. 쉬는 날 알아보러 다니려고요. 근데 이 근처도 모두 올랐더라고요…."

아줌마의 표정이 어두워졌다.

"설마 둘이 살 집 없으려고요."

다시 한숨을 내쉬었다. 둘이 살 집? 남편이 없나? 사망? 이혼? 머릿속으로 그런 생각이 줄줄 스쳐 갔다. 새삼 아줌마의 얼굴을 쳐다보았다. 고등학생 딸을 두기에는 너무 젊은 얼굴이다. 그때 영재 삼촌이 말했다.

"여기 소주 하나 주세요."

눈치 없이 술을 시켰다. 이제 밥만 먹으면 끝이라고 생각했는데 지금 술을 시키면 어떡하나. 영재 삼촌이 아버지 잔에 소주를 따랐다.

"모처럼 형하고 마시니까 좋네."

"넌 요새 하는 일은 좀 어때?"

아버지가 영재 삼촌에게 물었다.

"그냥 그렇지, 뭐. 나도 이런 식당이나 할까?"

그 말에 아버지는 별 대꾸가 없었다. 둘이서 주거니 받거니

했다. 계속 문 쪽을 보다 슬그머니 엉덩이를 들었다.

"…저, 학원 가야 하는데."

"그래? 그럼 얼른 가봐."

할아버지의 말에 후다닥 가게를 뛰쳐나왔다. 후유. 밖으로 나와서 참았던 숨을 크게 내쉬었다.

터덜터덜 골목을 걸었다. 사거리를 건너 전철역 쪽으로 방향을 틀었다. 피시방에 가서 게임이나 할까. 학원 핑계를 댔으니 어디 가서 시간을 때워야 한다. 전철역 계단으로 꾸역꾸역 사람들이 쏟아져 나오고 있었다. 인도에 줄줄이 서 있는 학원 차에 초등학생들이 올라타는 게 보였다.

피시방 옆의 식당 문이 벌컥 열렸다. 안에서 누가 비틀비틀 나오고 있었다. 우리 동네 최 씨 할아버지였다.

"달아놔."

"예? 지난번도…."

식당 주인이 따라 나오며 난처한 듯 손을 비볐다. 최 씨 할아버지는 술을 먹었는지 얼굴이 벌겋게 달아올라 있다.

"뭐라고?"

"아니… 저 그게…."

주인이 눈치를 보며 우물거렸다.

"월세나 따박따박 내. 날짜 어기지 말고."

최 씨 할아버지가 버럭 하더니 돌아섰다. 식당 주인이 부글 부글 끓는다는 얼굴로 그 뒤통수를 쏘아보고 있었다. 그리곤 문을 쾅 닫고 들어가 버렸다. 최 씨 할아버지는 흐느적흐느적 걸어갔다. 앞에 오는 사람과 부딪치든 말든 신경도 쓰지 않았다. 사람들이 힐끔힐끔 쳐다보았다. 그러든 말든 소리 높여 고래고래 노래를 부르고 있었다.

15 배웅

바깥의 시끄러운 소리에 잠이 깼다. 누가 골목에서 요란하게 차의 클랙슨을 울리고 있었다. 무심코 시계를 보다가 깜짝 놀랐다. 어라? 벌써 시간이 이렇게 되었나? 벌떡 일어나 이불을 박차고 뛰어나갔다. 엄마가 부엌에서 설거지를 하고 있었다.

"엄마, 할아버지는?"

"아침 일찍 나가셨는데?"

고무장갑을 낀 채 돌아봤다.

"어, 그래?"

어리둥절했다. 왜, 안 깨우셨지? 왜, 혼자 가셨지? 일단 잠을 깨려고 물을 한 잔 따라 마셨다.

"우린 점심 먹었어. 은혜하고 마트 좀 갔다 올 테니까 네가 알아서 좀 먹어."

"응. 아버지는?"

"친구 만나러 가셨어."

엄마가 고무장갑을 벗더니 방에서 지갑을 들고 나왔다. 카트를 끌고 은혜와 함께 집을 나섰다. 화나셨으면 어떡하지? 별별 생각이 계속 들었다. 마루를 왔다 갔다 하다가 안 되겠다 싶어 전화를 했다.

"…어, 왜 혼자 가셨어요?"

"너 피곤해 보여서 혼자 왔어."

"지금 가요?"

"사람 많으니까 굳이 안 와도 되겠다."

할아버지가 전화기 너머에서 말했다.

"네."

그래도 찜찜했다. 핸드폰 메신저로 하경이를 불러냈다.

-야, 할아버지가 자봉 혼자 갔어.

-잘됐네. 실컷 놀면 되지, 왜?

-넌 뭐하냐?

-나? 편의점.

-너 원래 주말에 안 하잖아.

-사장님이 두 배로 준다고 해서 나왔어. 데이트해야 하는데 눈물을

머금고 일하는 거야.

-눈물 같은 소리 하네.

-야, 손님 왔다.

하경이 후다닥 메신저 창에서 사라졌다. 배가 고파 부엌으로 갔다. 싱크대 서랍을 뒤져 라면을 꺼냈다. 냄비에 끓여 먹었다. 혼자 컴퓨터 앞에서 게임을 하고 있는데 현관에서 인기척이 났다.

"누구 없냐?"

얼른 쫓아나갔다. 할아버지였다.

"어, 다녀오셨어요?"

"수재는?"

"아버지는 친구 만나러 가셨대요."

"너, 나랑 잠깐 어디 좀 가자."

"예…."

얼른 방으로 들어가 컴퓨터를 껐다. 할아버지는 옷도 갈아입지 않고 그대로 다시 나갔다. 현관문을 닫고 계단을 달려 내려갔다. 골목을 빠져나가 전철역 쪽으로 갔다. 건널목 앞에서 멈춰 섰다. 등 뒤로 전철이 덜컹거리며 지나갔다. 가는 방향이 시장 골목 쪽이었다. 한낮의 햇살을 받은 상가주택은 더 낡고 추레하게 보였다. 할아버지가 우리 건물을 그냥 지나쳤다. 그리곤 뒤쪽의 다른 건물로 들어갔다. 페인트가 벗겨진 계단을 올라갔다.

"계십니까?"

할아버지가 활짝 열린 2층 문 앞에서 소리쳤다.

"네."

구부정하게 앉아 있던 할머니가 돌아보았다. 도시락을 갖다주며 본 적 있는 할머니였다.

"영감님이 어쩐 일이세요?"

할머니가 손에 들고 있던 옷가지를 내려놓으며 일어섰다. 마루는 싸다 만 짐들로 정신없이 어질러져 있다.

"이사 가신단 얘길 들었습니다."

"…네. 집이 팔렸다고 나가라고 하네요."

"뭐 도와드릴 게 없나 해서 와봤습니다."

할아버지가 안으로 들어섰다.

"아이고, 놔두세요. 혼자 해도 돼요."

할머니가 손사래를 쳤다.

"안녕하세요."

"응, 어서 와."

할머니가 날 보며 웃음을 지었다. 할아버지와 같이 짐 싸는 것을 도왔다. 방 두 개에 작은 마루가 딸린 집이었다. 한쪽에 화장실 하나, 작은 주방 하나. 방문 너머로 조개 장식이 박힌 낡은 장롱이 보였다. 그냥 두고 간다고 했다. 세탁기나 냉장고처럼 큰 살림살이는 모두 버리고 가는 모양이었다. 낡은 선풍기 옆에 벽에서 떼어낸 가족사진이 기대어져 있다. 할머니는 액자의 먼지를 닦아내고 몇 번이나 보자기로 쌌다. 할머니가 가져가는 짐은 그렇게 많아 보이지 않았다.

"어디로 가십니까?"

할아버지가 물었다.

"파주에 있는 딸한테 가 있으려고요. 거기서 옮길 데 알아봐야지요…"

"이참에 따님하고 사시는 건 어떠세요?"

"…방도 여유가 없는데 애들한테 눈치 보여서 싫어요."

할머니가 손으로 얼굴을 문질렀다. 짐 싸기는 금방 끝났다. 내가 땀을 훔치는 걸 보더니 할머니가 물병을 내밀었다.

"줄 건 없고 이거라도 마셔."

"예, 감사합니다…."

"아니, 오히려 내가 고마웠지."

빨개진 눈을 재빨리 돌렸다. 그리곤 눈에 새기듯 찬찬히 집 안을 둘러보았다. 바깥에서 빠앙 하고 경적이 울렸다. 내다보자 골목에 작은 트럭이 서 있었다. 짐들을 들고 계단을 내려갔다. 비지땀이 뚝뚝 떨어졌다. 몇 차례나 계단을 오르내렸다.

트럭 기사가 문을 열고 내렸다. 차에 이삿짐들을 실었다. 할머니는 바깥에 나와서도 한참을 우두커니 서 있었다. 골목과 주변의 풍경을 하나하나 돌아보고 있었다. 트럭 기사가 운전석으로 올라탔다. 그제야 할머니가 조수석의 문을 열었다.

"영감님. 건강하세요."

"예. 가서 잘 사세요."

할아버지가 트럭의 문을 닫아주었다. 할머니가 창 너머로 손을 흔들었다. 주름진 손에 초여름의 햇살이 떨어졌다. 트럭이 시동을 걸더니 앞으로 달려갔다. 할아버지는 배웅이라도 하듯 그 뒷모습을 오래오래 지켜보고 있었다.

배에서 꼬르륵 소리가 났다. 할아버지가 돌아보았다.

"배고프냐?"

"어… 좀요."

시장 골목으로 가서 발이 쳐진 중국집으로 들어갔다. 짜장면과 짬뽕을 시켰다. 주문을 하고 돌아서는데 저쪽 탁자에 누가 웅크리고 음식을 먹고 있었다. 밝은 금발의 존이었다. 존이 매운 짬뽕을 후후 불어가며 먹고 있다.

"어, 안녕하세요."

"안녕하세요."

존이 매운지 물을 벌컥벌컥 마시며 쳐다봤다. 할아버지가 그쪽을 돌아보았다.

"존 아닌가. 혼자서 식사하시나?"

"예. 식사하러 오셨습니까?"

존이 깍듯하게 인사했다.

"응, 뭐 좀 먹으러 왔는데 같이 앉아도 될까?"

"예, 괜찮습니다."

존이 벌떡 일어나 자리를 권했다. 우리는 맞은편에 앉았다.

"또 사진 찍으러 왔나?"

"예, 혼자 이리저리 다니는데 배가 고팠습니다."

입가에 벌건 국물을 묻히고 웃었다.

"매운데 잘 드시네."

"예, 너무너무 맵습니다. 그래도 맛있습니다."

이마에 방울방울 맺힌 땀을 손으로 쓱 훔치며 말했다. 셋이서 같이 음식을 먹고 중국집을 나왔다. 재개발구역으로 들어서자 존이 우리가 살았던 상가주택을 가리켰다.

"저 건물이 어르신이 사셨던 건물입니까?"

"응, 그래. 기억하고 있었네."

"앞에 가서 잠깐 서 보시겠습니까?"

할아버지가 눈을 둥그렇게 뜨자 존이 쑥스러운 듯 말했다.

"사진을 찍어드리고 싶습니다."

"그래 그럼 한번 서볼까."

할아버지가 1층 벽에 기대섰다. 눈부신 햇살이 백발의 머리에서 춤을 추고 있었다. 존이 스마트폰을 얼굴 앞으로 가져갔다.

"어르신. 왼쪽으로 조금만 오십시오."

"응, 됐나?"

"예, 좋습니다."

오케이 사인이라도 하듯 머리를 끄덕였다.

"이제, 김치 하십시오."

두 사람의 그런 모습을 뒤에 떨어져서 보고 있었다. 낡은 건물 앞에 서 있는 할아버지의 미소가 환했다. 아까 할머니를 배웅할 때의 쓸쓸한 미소가 아니었다. 존이 셔터를 눌렀다. 뒤에서 인기척이 나 무심코 돌아봤다. 후드티를 쓴 애가 막 뒤편의 건물로 들어가고 있었다. 두 마디? 순간 가슴이 철렁했다. 여기 산다는 게 정말이었다. 등으로 식은땀이 흘렀다.

16 타깃

"야, 너."

돌아보니 교문 앞에 서 있는 선도부가 부르고 있었다.

"예? 저요?"

영문을 몰라 멀뚱멀뚱 쳐다보았다.

"복장 불량."

"예? 제가 무슨…"

"쓸데없이 토 달래? 선배 말이 말 같지 않아?"

살벌한 눈으로 쫙 훑었다.

"아니, 그게 아니라…."

"저쪽 가 있어."

손으로 툭 쳤다. 그리곤 등을 돌려버렸다. 꼼짝없이 단속에 걸린 무리들 쪽으로 가서 섰다. 등교하는 애들이 서 있는 애들을 힐끔힐끔 보며 지나갔다. 우리 반 애들이 날 보더니 모두 히죽거리며 갔다. 마치 원숭이가 된 기분이었다. 교문으로 하경이 나타났다.

"너 왜?"

눈을 둥그렇게 뜨고 있다.

"복장 불량."

"복장 불량?"

하경이 날 훑더니 고개를 갸웃했다.

"나도 모르겠어."

"혹시 두 마디?"

"그런가."

고개를 갸웃갸웃하는데 선도부가 이쪽을 획 봤다.

"야, 너 뭐야."

그 소리에 하경이 잽싸게 도망쳤다. 아침 조회시간까지 교문 앞에 서 있었다. 햇빛에 눈이 부셔서 실눈을 떴다. 한숨을 푹푹 쉬고 있었다. 억울했다. 이게 어떻게 복장 불량인지 알 수가 없었다.

쉬는 시간에 화장실에 가는데 반대편에서 유도부가 나타났다. 옆을 지나가는데 유도부가 툭 부딪치고 지나갔다. 돌아보자 유도부 선배가 눈을 치떴다.

"뭐?"

"아뇨. 죄송합니다."

되려 내가 사과했다.

점심을 먹고 스탠드로 나왔다. 손에 든 콜라를 쭉 들이켰다. 답답한 가슴이 조금 트이는 것 같았다. 하늘을 쳐다보았다. 푸른 6월의 하늘이 바다처럼 펼쳐져 있었다. 옆에서 하경이 기지개를 켰다.

"시험 끝나니까 좋네."

"그러냐."

고개를 옆으로 돌렸다. 하경이 캔에서 입을 떼더니 손으로 쓱 닦았다.

"봐봐."

고갯짓을 했다. 쳐다보자 스탠드를 올라가던 애들이 날 노려보고 있었다. 뒤쪽에 있던 무리도 일제히 이쪽을 노려보기 시작했다.

"쟤들이 왜 저러겠냐?"

"몰라."

"네가 걔와 사귄다니까 저러는 거 아냐."

대답하지 않고 콜라만 들이켰다. 운동장 너머로 고개를 돌렸다. 키 큰 나뭇가지 위에 커다란 새가 앉아 울고 있다. 그걸 보고 있는데 펑 하는 소리와 함께 얼굴 옆으로 공이 튕겨 나갔다. 놀라 돌아보았다. 축구부 선배가 이쪽을 쳐다보고 있었다.

"아, 미안."

실실 웃으면서 손을 들었다.

"축구부 왜 저래?"

하경이도 놀란 듯 가슴을 쓸어내렸다. 아직도 가슴이 쿵쿵 뛰고 있었다. 벌떡 일어나 스탠드 계단을 성큼성큼 올라갔다.

"야, 같이 가."

뒤에서 하경이 소리쳤다.

종례시간에 담임이 성적표를 갖고 들어왔다. 얼굴이 부루퉁했다.

"너희들 공부 안 했어? 성적이 이게 뭐야."

담임이 성적표를 나눠주면서 인상을 썼다.

"야, 박평재. 너 시험 안 봤냐?"

어이가 없다는 얼굴로 날 쳐다봤다.

"예? 봤는데요."

"너 답 밀려 썼어?"

"아뇨."

"근데 왜 다 빵점이지?"

"예?"

벌린 입이 다물어 지지가 않았다. 담임이 건네준 성적표를 봤다. 정말 모든 과목이 다 빵점이었다. 황당해서 할 말이 없었다.

"너 잠깐만 있어 봐."

담임이 손을 내저으며 딴 애들의 성적표를 나눠주었다. 종례가 끝나자 담임이 내게 손짓을 했다.

"야, 박평재 따라와."

교무실로 가자 담임이 날 세워놓고 다른 선생님들에게 성적을 확인하기 시작했다. 여기저기서 뭐야? 빵점인데? 하는 소리가 들리더니 다시 성적을 확인하기 시작했다. "뭐야, 이게 왜 이렇게 됐지?" 하는 소리도 들렸다. 이윽고 담임이 내게로 왔다.

"야, 뭐가 좀 잘못된 거 같은데."

"아, 그래요?"

"응. 전산에서 뭐가 잘못된 거 같아. 일단은 성적표 잘못된 거 같으니까, 내가 다시 확인하고 내줄게."

"예."

"응. 오늘은 일단 들어가."

담임에게 꾸벅하고 교무실을 벗어났다. 그럼 그렇지 전 과목이 모두 빵점일 리가 없었다. 가슴을 쓸어내리며 교실로 오자 하경이 기다렸다는 듯 물었다.

"야, 뭔 일이야?"

"성적표가 이상하게 나왔나 봐."

"뭐 어떻게 됐는데?"

"다 빵점이래."

"잉?"

"진짜 봤다니까. 다 빵점으로 나왔어."

"그럼 진짜 빵점이야?"

"아니, 선생님이 확인하더니 아니래."

"그럼 어떡한대?"

"뭐, 다시 확인해서 다시 내준대."

"그럼 그게 어떻게 된 거래?"

"선생님이 그러는데 뭐 전산 오류 난 거래."

"전산 오류? 야, 혹시 백덕후가 한 거 아냐?"

"설마."

"야, 내가 전산부장이면 그렇게 할 거 같은데."

"어, 정말… 어휴."

한숨을 푹 쉬었다. 하경의 말이 맞는 것 같았다. 백덕후가 한 짓이 틀림없었다. 어깨를 축 늘어뜨리고 교실을 나섰다. 무심코 전산실이 있는 건물을 돌아보았다. 살짝 커튼이 흔들린 것도 같았다. 교문을 나서다 학교 앞에 있는 CCTV를 올려다보았다. 흠칫하는데 CCTV가 내 얼굴을 찍고 있었다. 나도 모르게 고개를 숙였다.

골목의 모퉁이를 도는데 앞에서 아악, 하는 비명이 들렸다. 얼른 고개를 들자 어떤 애가 얼굴을 찡그리고 바닥에 주저앉아 있었다.

"아, 내 발."

눈이 커다란 애가 발을 쥐고 있다.

"괜찮아?"

"아…뇨."

커다란 눈에서 금세 눈물이 굴러떨어질 것 같았다. 옆으로 달려갔다.

"일어날 수 있겠어?"

"네. 일어날 수는 있겠는데 혼자서는 힘들 것 같아요."

빤히 얼굴을 보고 있다. 당황스러웠지만 얼른 팔을 내밀었다. 여자애가 그 팔을 잡고 일어섰다. 교복이 은혜가 다니는 중학교였다.

"걸을 수 있겠어?"

"네. 옆에서 잡아주면…"

또다시 커다란 눈을 깜박였다.

"저쪽에 친구들 있으니까 거기까지만 부축해주세요."

"응. 그래, 그럼."

옆에서 부축했다. 여자애는 절뚝거리며 걸었다. 모퉁이를 돌았다. 어라? 막다른 길이었다.

"뭐야, 이 오빠야?"

"뭐야, 별로잖아."

뒤에서 나는 소리에 놀라 돌아보았다. 중학생 여자애들이 핸드폰을 힐끔힐끔 보며 고개를 까딱까딱하고 있었다. 웬일인지 아프다고 하던 눈 큰 애도 그쪽으로 가서 섰다. 셋은 핸드폰과 내 얼굴을 번갈아 보면서 떠들어댔다.

"가까이 봐도 별로네."

긴 생머리가 말하자 눈 큰 애가 지껄였다.

"키도 안 커."

"어휴. 사진도 별로라고 생각했는데 그래도 실물보다는 사진이 낫다."

얼굴이 뽀얀 애가 머리를 내저었다.

"오빠, 키 몇이에요?"

얼굴이 뽀얀 애가 팔짱을 끼며 물었다.

"…어, 177."

어안이 벙벙한 채 대답했다.

"에게…"

"요새 평균이 180이라는데?"

긴 생머리가 머리를 팔랑팔랑 내저었다.

"웬만하면 다 넘잖아."

얼굴이 뽀얀 애가 턱을 흔들었다.

"깔창 깐 거 아냐?"

눈 큰 애가 의심스럽다는 듯 내 운동화를 힐끔 봤다. 어이가 없어 그냥 서 있었다. 셋은 한참이나 내 외모에 대해서 이러쿵저러쿵 떠들었다. 별로 기분이 좋지가 않았다. 이윽고 긴 생머리가 물었다.

"오빠가 박평재 오빠 맞죠?"

"어."

머리만 끄덕했다.

"명찰에 박평재라고 써 있네…."

눈 큰 애가 손짓했다. 셋이 또 한참을 수군수군하더니 긴 생머리가 말했다.

"이번 성적 빵점 맞았다면서요?"

비웃는 표정으로 씩 웃었다. 얘들은 누구야? 그제야 그런 생각이 들었다.

"오빠, 공부 참 못하네요."

긴 생머리가 야유하듯 웃었다.

"은혜도 별로랬잖아."

얼굴이 뽀얀 애가 종알거렸다.

"잘하는 얼굴이 아냐."

눈 큰 애가 멋대로 지껄였다. 이제야 대충 감을 잡았다.

“너희들 은혜 친구들이야?”

“2학년하고 누가 친구 해요? 우린 3학년이라고요.”

눈 큰 애가 새침한 얼굴로 쏘아붙였다.

“그럼 무슨 일로 이러는 거야?”

“무슨 일이긴요? 오빠, 몰라서 물어요?”

긴 생머리가 아니꼬운 듯 쳐다봤다.

“오빠, 오빠는 시아 언니하고 어울린다고 생각해요?”

긴 생머리가 성큼 다가오자 얼굴이 뽀얀 애와 눈 큰 애도 다가왔다. 애들이 차가운 눈으로 쏘아보고 있다. 또 두 마디? 어이가 없어 대꾸하기도 싫었다.

“정말 어울린다고 생각하나 봐.”

얼굴이 뽀얀 애가 큭큭거렸다.

“언니 옆에서 얼쩡거리지 마세요!”

긴 생머리가 다그치듯 말했다.

“경고하는 거예요!”

또다시 앙칼진 목소리가 날아왔다. 긴 생머리의 옆에서 다른 둘도 끄덕끄덕하고 있었다.

“가자.”

긴 생머리가 리더인 듯 애들을 돌아봤다. 셋은 다시 한 번 날 째려보고는 쌩하니 가버렸다. 재들은 또 뭐야. 이상한 애들이네. 대체 소문이 어디까지 난 거야? 갑갑한 마음에 머리를 저으며 막다른 골목에서 돌아섰다.

17 주먹을 피하는 방법

아침에 산을 달리는데 위에서 발소리가 났다. 무심코 고개를 들자 후드티가 보였다. 고개를 숙이고 후다닥 지나쳤다. 뒤이어 산을 울리는 발소리에 뭔가 해서 보았다. 축구부 스무 명 정도가 우르르 산을 뛰어 내려오고 있다. 맨 앞에 축구부장이 보였다. 지나칠 때 나를 찌릿 쳐다보았다. 두 마디가 나타나는 시간에 맞추기라도 한 걸까. 대체 왜 또 여기 나타난 거야? 할아버지를 따라 절에 올라갔을 때도 머리가 계속 뒤숭숭했다. 아침 예불 소리는 귀에 들어오지 않았다.

7시 넘어 교문을 들어서는데 앞에 있던 선도부가 보자마자 손짓을 했다. 벌써 일주일째였다.

"박평재. 박평재."

"예, 예."

터덜터덜 선도부 쪽으로 가서 섰다. 하경이 지나가다가 보더니 "수고." 하고 손을 들었다. 웃을 기분이 아니라서 고개만 끄덕했다. 또 아침 조회시간까지 교문 앞에 서 있었다. 지나가는 애들이 날 보고 히죽히죽 웃었다.

"화장실 가자."

쉬는 시간에 하경이 말했다.

"난 괜찮아."

"오줌 안 마려워?"

"어."

고개를 들자 복도에 있는 노랑머리와 눈이 마주쳤다. 녀석이 날 향해 입을 죽 찢었다. 비열한 자식. 유도부도 유도부지만 저 녀석이 더 얄미웠다. 저녁을 먹고 나서 하경이 스탠드 계단을 내려가면서 말했다.

"잠깐 바람이나 쐬고 가자."

멀리 운동장을 굽어보았다. 여느 때처럼 축구부가 연습을 하고 있다. 축구부장의 고함소리가 쩌렁쩌렁 울려 퍼지고 있었다.

"난 됐어."

돌아서는데 뒤에서 하경이가 소리쳤다.

"야, 어디 가?"

"교실."

가방을 챙겨 교실을 나왔다. 하경이 어느새 뒤를 쫓아왔다.

"너 야자 안 해?"

"안 해. 넌 알바 가냐?"

하경을 쳐다보았다.

"응."

집에 오자마자 부리나케 옷을 갈아입고 체육관으로 향했다. 계단을 내려갔다. 안으로 들어가자 링에서 스파링이 한창이었다. 두 사람이 엉겨 붙어 있었다. 관장 아저씨는 링 옆에 붙어 지켜보고 있다. 무심코 쳐다보는데 유도부장이 상대방을 꺾고 순식간에 내리꽂았다. 꽝, 하는 소리가 안에 울려 퍼졌다. 저 선배가 왜 여깄지? 어리둥절한데 관장 아저씨가 흡족한 표정으로 고개를 끄덕였다.

"역시 유도해서 그라운드 기술 하나는 확실하네."

이쪽을 쳐다보았다.

"안녕하세요."

"왔냐? 좀 빠졌더라?"

"어, 예…."

주춤거리며 줄넘기를 들고 구석으로 갔다. 유도부장이 수건으로 땀을 훔쳤다. 눈이 마주치자 제 목을 손으로 그었다. 얼른 눈길을 떨궜다. 관장 아저씨가 옆으로 왔다.

"몇 개 뛰었어?"

"…어, 950개요."

"1000개 뛰면 연습 시작하자."

"…예?"

귀가 번쩍 뜨였다. 쉬지 않고 줄넘기를 했다. 다리가 무겁지만 상관없었다. 계속 뛰었다. 숨이 끊어질 것처럼 헉헉거렸다. 1000개만. 땀이 얼굴로 툭툭 떨어졌다. 마지막 힘을 쥐어짰다. 1000개를 뛰고 나서 바닥에 철퍼덕 주저앉았다.

"…저, 관장님."

숨을 헐떡였다.

"응?"

이쪽을 쳐다보았다.

"…1000개 했는데요."

"응, 그럼 좀 쉬었다가 하자."

의자에 걸터앉아 커다랗게 가슴을 들썩였다. 유도부장은 링에서 계속 연습 중이었다. 두툼한 손으로 상대의 목을 조르고 있다. 왜 또 난데없이 나타난 거야? 설마 여기 다니는 거야? 관장 아저씨가 내게 글러브를 건네주었다. 그걸 끼고 마주 보고 섰다.

"그럼, 오늘은 기본 스텝부터 시작해볼까?"

"저, 그보다 막는 기술부터 배우면 안 돼요?"

글러브를 모아 쥐고 공손하게 부탁했다.

"얼굴로 주먹이 날아오면 어떻게 피해요?"

"주먹? 맞은 적 있냐?"

씩 웃었다.

"어, 그게 아니고…"

당황해서 말이 나오지 않았다.

"자, 봐. 뒤로 피하지 말고 날아오는 상대의 주먹을 이렇게 막는 거야."

관장 아저씨가 상체를 낮게 웅크려 피하는 동작을 했다.

"이건 더킹이라고. 상반신과 무릎을 굽혀 웅크리면서 펀치를 피하는 방법이야. 자, 봐. 글러브로는 얼굴을 가리고 팔로는 몸통을 보호하게 되지. 자, 따라서 해봐."

시키는 대로 했지만, 몸이 뻣뻣해 잘 움직이지 않았다.

"처음은 동작 익힌다고만 생각해. 따라 하기도 벅차니까."

"…예."

다시 관장 아저씨가 상체를 좌우로 움직였다.

"이건 위빙이라고."

"예…."

"베틀 짜듯이 좌우로 이렇게 움직여서 상대의 펀치를 피하는 거야. 한번 해봐."

"예, 이렇게요?"

따라 했다. 역시 잘되지 않았다.

"위빙은 상대방이 접근해 올 때 이런 식으로 비껴가는 거야."

"예."

"그럼 내가 공격할 테니까 좀 전에 배운 기술로 한번 피해 봐."

관장 아저씨와 1시간쯤 연습을 했다. 숨을 헉헉거리며 열심히 했지만, 동작 익히는 것만도 벅찼다. 땀을 뻘뻘 흘리며 주저앉았다.

"내일부터 샌드백도 열심히 치고."

"…예."

글러브 낀 손으로 흘러내리는 땀을 훔쳤다.

체육관을 나왔다. 이제 수비기술을 배웠겠다. 왠지 든든했다. 계단을 올라가며 휘파람을 불었다. 위에서 발소리가 나 무심코 고개를 들었다. 다음 순간 몸이 계단 벽에 처박혔다.

"너 왜 자꾸 근처에서 얼쩡거려?"

주먹이 명치를 때렸다. 배를 잡고 계단에 주저앉았다. 통증 때문에 고개를 처박았다. 나도 제발 안 마주치고 싶다고. 체육관의 문이 열리며 누가 나오는 기척이 났다. 두 마디가 휙 계단을 달려 내려갔다. 아까 스파링 하던 사람이 올라오고 있다. 억지로 몸을 일으켜 계단을 두 칸씩 건너뛰었다.

벽에 기대서서 심호흡을 했다. 욱신거리며 배가 아파 한참을 서 있었다. 통증이 가라앉자 그제야 걸음을 떼었다. 하경이 일하는 편의점으로 갔다.

"왔냐?"

대답도 안 하고 곧장 안으로 들어가 유리문을 열었다. 음료수를 하나 꺼내 벌컥벌컥 마셨다. 손으로 입을 훔치는데 하경이 소리쳤다.

"야, 그냥 마시면 어떡해?"

"왜?"

"계산도 안 했잖아."

"지금 하면 되잖아."

빈 캔을 가져다 계산대에 올려놓았다. 하경이 바코드를 찍었다. 누가 쳐다보는 느낌에 돌아보았다. 중학생 세 명이 창가 의자에 앉아 있다가 고개를 픽 돌렸다.

"쟤들 언제부터 왔어?"

"몰라. 좀 됐나."

하경이 머리를 갸우뚱했다. 쟤들도 이 근처 학원을 다니나? 그런 생각을 하고 있는데 하경이 말했다.

"야, 가운데 긴 생머리 괜찮지 않냐?"

"너 중학생까지 꼬시게?"

어이가 없어 쳐다봤다.

"네가 그걸 어떻게 알아?"

"은혜랑 같은 교복이잖아."

"야, 요새 중학생들도 성숙하네."

하경이 감탄한 듯 소리쳤다. 누가 들으면 엄청 나이 먹은 줄 알겠다. 셋이 하경을 힐끔거렸다. 하경이 손을 까딱까딱 하자 셋이 고개를 싹 돌리더니 지들끼리 수군거렸다. 곧이어 킥킥거리는 웃음소리가 들렸다.

"나, 간다."

"야, 벌써 가게?"

하경이 섭섭한 듯 말했다.

"과외 있어."

뒤도 안 돌아보고 편의점을 나왔다.

참고서를 옆구리에 끼고 옥상으로 올라갔다. 영재 삼촌이 의자에 폭 파묻혀서 앉아 있었다. 나도 옆으로 가서 의자에 털썩 앉았다. 어두컴컴한 건너편의 옥상을 보며 한숨을 쉬었다. 영재 삼촌도 한숨을 쉬었다.

"삼촌. 무슨 고민 있어?"

"응. 넌 왜 한숨 쉬냐. 너도 고민 있어?"

"어."

손으로 배를 문질렀다. 아직도 욱신거리는 것 같았다. 또 두 마디랑 마주쳤으니까 내일은 불을 보듯 뻔했다. 등교하자마자 선도부한테 걸릴 테고… 그 뒤로 백덕후… 이순기… 축구부… 유도부…. 다시 옥상이 꺼져라 한숨을 쉬었다. 정말 답이 안 보인다. 대체 이럴 때면 어떻게 해야 하나. 옆에서 영재 삼촌이 부스럭거렸다.

"여자를 사귀면 왜 그다음은 결혼일까."

눈을 껌벅거렸다.

"그리고 결혼은 왜 한 사람 하고만 해야 되는 거냐고."

"아, 삼촌,"

"애초에 한 사람만이 아니라 얼마든지 누구든지 원하는 상대랑 다 하면 이런 고민도 안 하잖아."

내가 진짜 이 인간을.

"그게 무슨 고민이야?"

"고민이지. 결혼하기 싫은 사람한테는."

진지한 얼굴로 절레절레 고개를 흔들었다. 건너편 어두워진 옥상으로 고양이 한 마리가 소리도 없이 지나갔다. 그리곤 널어놓은 빨래 뒤로 모습을 감추었다. 그걸 보며 나도 모르게 한숨을 쉬었다.

18 내가 그렇게 별로야?

"안녕하세요."

"응. 어서 와."

봉고차에 올라타 문을 닫자 아저씨가 출발했다. 건널목을 건널 때 옆에 내려놓은 카트가 부딪쳤다. 비좁고 어두운 골목으로 들어가 차가 멈췄다. 카트에 도시락을 싣고 내렸다.

"같이 가자."

할아버지가 따라 내렸다.

"어, 괜찮아요."

"아니다. 같이 가자."

할아버지가 카트의 손잡이를 잡았다. 둘이서 침침한 골목을 따라 걸었다. 조금 가자 가파른 계단이 나타났다. 함께 계단 위로 카트를 끌었다. 비탈길의 집들을 할아버지가 하나씩 두드렸다. 곧 하나둘 사람들이 모습을 보였다.

"도시락 배달입니다."

할아버지가 큰소리로 외쳤다. 사람들은 너나없이 반가운 얼굴로 도시락을 받아들었다. 가져온 도시락이 금세 떨어졌다.

"넌 여기 있어. 내가 가져오마."

"어, 할아버지…"

만류하려고 했지만 벌써 계단을 성큼성큼 내려가고 있다. 뒤따라갔다. 계단 끝에 왔을 때 벌써 보이지가 않았다. 골목 저만치에서 할아버지가 카트를 끌고 오고 있었다.

"벌써 다녀오셨어요?"

"응. 넌 차에 가 있어."

"…네?"

어리둥절해서 보았다. 할아버지는 금방 계단 위로 사라졌다. 차로 터덜터덜 돌아왔다. 뒤에 타자 아저씨가 돌아보았다.

"여름 타냐?"

"…어, 왜요?"

"너 좀 마른 것 같은데?"

"아, 예…."

손으로 얼굴을 만지며 창밖으로 고개를 돌렸다. 다시 저만큼 할아버지가 오고 있다. 얼른 뛰어나가 카트를 건네받았다. 할아버지가 이마의 땀을 훔쳤다.

"할아버지, 물요."

차가운 물병을 건네주었다.

"오냐."

우리가 올라타자 차가 다시 출발했다. 좁은 골목을 천천히 빠져나왔다. 건널목 앞에 멈춰 서자 전철이 덜컹덜컹 지나갔다. 봉고차가 재개발구역 쪽으로 방향을 틀었다. 스티로폼 박스에서 남은 도시락을 세었다. 할머니가 떠나고 난 뒤 이제 달랑 세 개뿐이었다.

골목에 차가 서자 카트에 남은 도시락을 실었다. 이번에도 할아버지가 같이 내렸다. 카트를 끌고 상가주택 단지 골목을 걸었다.

"할아버지."

"응?"

"파주에 간 할머니 잘 사시겠죠?"

"그럼, 그럼."

할아버지가 생각난 듯 최 씨 할아버지의 건물을 올려다보았다. 옥상 난간 앞에 채소를 심은 스티로폼 박스들이 주르륵 놓여 있다. 할머니가 떠난 뒤 다 말라 죽었을 텐데…. 어라? 발돋움을 했다. 누가 물을 주기라도 한 듯 상추며 고춧잎이 쑥쑥 자라고 있다.

"할아버지. 누가 물을 주나 봐요?"

"응. 그런가 보구나."

할아버지도 신기한 듯 쳐다보고 있다.

"그럼 저 얼른 배달하고 올게요."

한달음에 카트를 끌고 돌아섰다. 괜히 이 앞에서 얼쩡거리다가 그 깡패와 마주치면 낭패다. 뒤쪽 건물로 뛰어가면서 머리를 갸웃했다. 개가 물을? 바로 고개를 흔들었다. 아줌마라면 모를까. 왠지 소녀 같은 아줌마는 말라 죽는 채소를 그냥 두고 지나치지 못할 것 같았다.

모처럼 저녁에 할아버지와 함께 체육관에 갔다. 주말인데도 여럿이 운동하고 있었다. 퍽퍽, 소리가 나는 쪽을 보자 두 마디가 샌드백을 치고 있다. 슬쩍 훔쳐보았다. 어떻게 저렇게 가볍게 뛸 수 있을까 싶을 만큼 동작이 날렵했다. 그리고 정확하게 내리꽂는 주먹. 내가 마치 그 샌드백인 양 움찔했다.

할아버지는 한쪽에서 근력 다지기를 했다. 무거운 바벨을 천연덕스럽게 들었다. 장딴지 근육에 불끈 힘이 들어가는 게 보였다. 어깨의 삼두박근이 팽팽하게 부풀었다. 가파른 계단을 성큼성큼 뛰어다니는 이유를 알 만했다.

몸이나 풀려고 줄넘기를 뛰기 시작했다. 한쪽의 사무실 문이 열렸다. 관장 아저씨가 뒤따라 나오는 누군가에게 말했다.

"오늘은 그냥 둘러보고 운동은 내일부터 하자."

"네."

여럿이 한목소리로 대답했다. 무심코 쳐다보는데 얼굴이 뽀얀 애와 눈이 마주쳤다. 그 애가 다른 애들을 불렀는지 긴 생머리와 눈이 커다란 애까지 함께 째려보았다. 둘러보라는 관장 아저씨의 말에 중학생들이 쪼르르 두 마디에게 쫓아갔다. 그리곤 샌드백 치는 모습을 에워싼 채 지켜봤다. 아, 쟤들은 또 여기까지 쫓아왔어? 그럼 편의점도 우연히 들른 게 아니었나? 난데없이 중학생들까지 나타나 사람을 귀찮게 한다.

"사람이 늘었나?"

얼굴의 땀을 훔치며 할아버지가 관장 아저씨에게 물었다.

"예. 세 명이 한꺼번에 등록했어요."

관장 아저씨가 싱글벙글했다.

"응. 잘됐군. 미트 좀 대줘. 오랜만에 연습이나 좀 해볼까."

"예, 링으로 올라오세요."

그리곤 둘이서 스파링을 했다.

두 마디를 에워싸고 있는 중학생들을 보았다. 왠지 마음이 조마조마했다. 두 마디가 샌드백에서 떨어졌다. 후드티를 벗고 땀에 젖은 얼굴을 수건으로 닦았다. 그 모습을 중학생들과 언제 왔는지 유도부장까지 입을 헤 벌리고 보고 있다. 어휴, 저 깡패. 이쁘긴 이쁘네. 근데 저 모습 보고 다들 속지. 혼자 머리를 절레절레 흔들었다.

운동을 끝내고 체육관을 나섰다. 계단을 올라오는데 다리가 휘청했다.

"괜찮냐?"

할아버지가 쳐다보았다. 얼른 몸을 세웠다.

"어, 괜찮아요."

"내일 나랑 같이 한의원 좀 가자."

건물을 나오면서 할아버지가 말했다. 차도에서 시끄럽게 클랙슨이 울렸다. 차선 싸움이 붙었는지 두 차가 길을 막고 서서 빵빵거리고 있다. 할아버지가 그쪽으로 가려는지 몸을 돌렸다. 그때 차 한 대가 물러섰다. 다행이다.

"저도요?"

"응."

"네…."

"내일 학원 가냐?"

"…아뇨."

"그럼 학교 앞에서 기다리마."

집에 와서 씻고 수건으로 머리를 털었다. 축축한 수건을 빨래 바구니를 향해 던졌다. 옆에 털썩 떨어졌다. 손으로 집어 올리고 있는데 은혜가 쑥 들어왔다.

"오빠, 그거 사실이야?"

"뭐?"

"아니지."

내 얼굴을 빤히 쳐다봤다.

"뭐?"

"하긴 그 언니도 눈이 있으면 오빠랑 사귈 리가 없지."

혼자 고개를 끄덕끄덕했다.

"너도 또 그 소리냐."

볼멘소리를 냈다.

"진짜야?"

"아냐."

버럭 했다.

"그치. 나도 아니라고 했어."

나를 빤히 보며 말했다.

"도대체 오빠가 뭐 내세울 게 있어야지."

"야 내가 그렇게 별로야?"

"어."

은혜가 머리를 끄덕였다. 고개를 픽 돌리자 은혜가 힐끔 보더니 다시 말했다.

“아니 뭐 그렇게 별로는 아닌데 시아 언니한테는 아니지.”

“걔들이 네 학교 선배야?”

“응, 머리 긴 언니가 회장 언니. 오빠에 대해서 시시콜콜 물어보던데.”

“뭘?”

“뭐, 오빠 공부 잘하냐. 키는 몇이냐. 집에 돈 좀 있냐. 아버지 뭐 하시냐. 전에 여자친구 몇 명 사귀었냐 등등.”

“야, 그게 어떻게 시시콜콜 한 거야? 사생활이잖아.”

식식거렸다.

“그런가.”

머리를 갸우뚱하더니 계속 말했다.

“공부는 보통. 여친은 사귄 적 없고….”

“어휴, 나 참.”

“오빠. 우리 학교에선 아직도 시아 언니가 전설이야. 그런 시아 언니하고 오빠가 사귄다고 하니까…”

날 쓱 쳐다봤다.

“뭐?”

“당연히 안 믿었지.”

“그래, 그래. 그 선배란 애들도 너 같으면 좋겠다.”

“학생회장 언니는 화가 잔뜩 났어. 오빠가 시아 언니랑 사귀는 건 전설한테 먹칠하는 거라서 결사반대.”

"나 참."

물론 사귀는 건 아니지만 들을수록 기분이 별로였다.

"그래서 그 언니 흥분한 거야. 그 언니가 시아 언니를 얼마나 우러러보는데."

체육관에서 두 마디를 둘러싸고 있던 모습이 다시금 떠올랐다. 나도 모르게 또 한숨이 나왔다. 은혜가 몸을 빙글 돌려 문의 손잡이를 잡았다.

"내가 회장 언니한테 잘 얘기해볼게."

"그래, 부탁한다."

참 어처구니가 없어 고개를 저었다. 문득 빨래 바구니에 쌓여 있는 축축한 수건을 쳐다봤다. 축 늘어져 있는 게 꼭 요새 내 꼴 같았다. 책상 앞으로 가서 털썩 주저앉았다.

19 한약

한의원은 시장 골목 모퉁이에 있었다. 2층으로 올라가자 복도에서부터 한약 냄새가 풀풀 났다. 문 앞에 서자 자동문이 스르르 열렸다. 대기 의자에 기다리는 사람은 없었다. 바로 카운터로 갔다. 붙임성 있게 생긴 간호사가 얼굴을 들었다.

"오늘은 어떻게 오셨어요?"

할아버지를 보며 미소를 지었다.

"응. 내가 아니라…"

날 돌아보며 손짓했다. 쭈뼛쭈뼛 카운터 앞으로 갔다.

"손준데 검사 좀 받을까 해서."

간호사가 날 보았다.

"어디가 안 좋은가요?"

"응, 그건 아니고 요새 좀 기운이 없는 것 같아서."

내가 그냥 서 있자 할아버지가 대답했다. 간호사가 머리를 끄덕였다.

"여기 처음이지?"

간호사가 차트를 꺼내며 물었다.

"네."

"그럼 이것 좀 작성해주고. 어르신은 어디 불편하신 덴 없으시고요?"

할아버지를 보며 물었다.

"역기 들다 무리했나, 허리가 좀 결리는데."

"네, 그럼 진찰실로 들어가세요."

간호사가 하얀 이를 내보이며 생긋 웃었다. 할아버지가 눈 앞의 진료실로 들어갔다. 차트를 써서 돌려주자 간호사가 날 탈의실로 데려갔다. 가운으로 갈아입으라고 해서 바꿔 입었다. 옷을 입고 나오자 혈압과 맥박을 체크하고 종이컵에 오줌을 받아오라고 했다. 또 어떤 방으로 데려가더니 침대에 눕게 했다. 그리곤 온몸에 전압을 가득 꽂았다. 꼭 실험실의 개구리가 된 기분이었다. 한의원에서 이런 것까지 하나? 혼자 갸우뚱했다.

그리곤 또 별별 검사를 했다. 한참 후에 밖으로 나오자 소파에 앉아 있던 할아버지가 물었다.

"검사 잘 받았냐?"

"네. 근데 할아버지 여기 한의원 맞아요?"

"그럼. 한의원이지."

쓴웃음을 지었다. 한의원이 아니라 무슨 종합병원 같았다. 간호사가 부르자 할아버지가 일어섰다.

"난 침 좀 맞으러 가마."

"예."

의자에 앉아 있는데 간호사가 나를 불렀다.

"박평재 님. 진료실로 들어가세요."

"네…."

진료실이라고 붙은 방으로 들어갔다. 책상 앞에 흰 가운을 입은 뚱뚱한 남자가 앉아 있었다. 가운 앞이 터질 듯 부풀어 있었다. 한의사는 프린트된 종이를 들여다보고 있다가 문소리에 고개를 들었다. 머뭇머뭇 책상 앞에 있는 의자로 갔다.

"응. 검사결과 보니까 심장이 안 좋네?"

"…예?"

얼이 빠져 쳐다봤다.

"스트레스 지수도 아주 높고."

"예에…."

"요새 잠 제대로 못 자지?"

"…예."

"큰소리에 깜짝깜짝 놀라고 가슴이 두근거리고?"

"예…."

크게 고개를 끄덕였다.

"모퉁이나 어두운 데 좁은 길은 싫고?"

"예."

"사람들하고 어울리는 것보다 혼자 있는 게 좋고?"

"어? …예."

이 정도면 한의사가 아니라 점쟁이라고 할 수 있다. 침을 꿀꺽 넘기고 쳐다보았다.

"어, 팔 좀 내밀어 봐."

퉁퉁한 손가락을 뻗었다. 손목을 잡더니 눈을 감았다. 이마에 주름이 돋았다.

"응. 맥이 불규칙해. 지금은 마음의 안정이 절대 필요해."

그러면서 종이에 펜을 내달렸다.

"저 그럼 어떻게 해요?"

불쑥 두 마디에 대해서 털어놓고 싶은 충동이 일었다. 허리를 펴고 바짝 다가앉았다. 개가 나타난 뒤로 엉망이 돼버린 학교생활과 일상에 대해서 속 시원히 얘기하고 싶었다. 이런 한의사라면 적어도 어떤 방법을 알려주지 않을까?

"응, 한약 지어줄 테니까 먹고. 오늘은 침 좀 맞자."

"…에?"

나도 모르게 볼멘소리가 튀어나왔다. 잔뜩 곧추세웠던 허리가 털썩 떨어졌다.

"왜, 뭐 잘못됐어?"

두툼한 눈꺼풀을 끔벅거렸다.

"…아뇨."

뭔가 대단한 비책이 있을 줄 알았는데. 고작 한약? 침? 한숨을 푹 쉬었다.

한의원을 나오는데 빗방울이 투둑 떨어졌다. 하늘을 올려다보자 시커먼 구름이 잔뜩 몰려와 있다.

"응, 곧 퍼부을 것 같구나. 얼른 가자."

"네."

집으로 걸음을 재촉했다.

저녁 먹고 방에 있는데 은혜가 불쑥 들어왔다. 불만스러운 표정으로 볼이 잔뜩 부풀어 있었다.

"오빠, 왜 나한테 거짓말했어?"

"무슨 소리야?"

컴퓨터에서 눈을 뗐다.

"시아 언니랑 사귀는 거 아니라며?"

"아니라니까."

"근데 오빠랑 사귄다고 왜 자꾸 나와?"

눈이 세모꼴 모양으로 변했다.

“그건 나도 모르지. 왜 그런지.”

“오빠 진짜 거짓말하는 거 아니지?”

컴퓨터를 끄고 돌아앉았다. 의자를 돌리는데 부항 뜬 등이 결렸다.

“네가 보기에도 걔가 나랑 사귈 것 같냐?”

“아니.”

“그러니까. 도대체 나랑 사귈 이유가 없잖아.”

손으로 의자 팔걸이를 두드렸다.

“없어.”

은혜가 당연하다는 듯 고개를 끄덕했다.

“걔랑 사귀면 내가 숨길 이유가 뭐가 있겠어?”

“응. 오빠 주제에 숨길 일 없지.”

또다시 끄덕끄덕했다.

“근데 그 언니들 땜에 시달려 죽겠다고. 시도 때도 없이 불러서 너네 오빠 시아 언니랑 사귀는 거 아니냐고 따져서 미치겠어.”

투정 부리듯 입을 툭 내밀었다.

“걔들한테 오해라고 얘기는 했냐?”

“했어. 근데 귓등으로도 안 들어.”

“…휴.”

한숨을 쉬었다.

"오빠 이제 어떡할 거야?"

은혜가 발로 의자를 툭툭 찼다.

"선배 언니들은 툭 하면 불러내서 따지고. 난 어떡하냐고?"

징징거리는 목소리였다.

"아, 나도 모르겠다."

길게 한숨을 쉬었다. 답이 없다, 답이 없어. 열어놓은 창으로 후드득 빗방울이 들이쳤다. 커튼이 비바람에 흔들렸다. 일어나 창문을 닫으려고 하는데 골목을 최 씨 할아버지가 우산도 없이 비틀비틀 걸어가고 있다. 또 술에 취한 것일까. 무슨 노래인지 흥얼흥얼했다. 앞에 누가 오든 막무가내로 비틀거렸다. 우산 쓴 사람들이 질겁하며 피했다. 그럼 또 마구 욕을 했다. 저렇게 취했는데도 데리러 오는 식구가 없는 걸까. 뒤에서 은혜가 계속 징징거리고 있다.

"박평재."

등교하는데 교문 앞에 있던 선도부가 손을 까딱까딱했다. 그냥 한 번 쳐다보고는 걸린 무리 쪽으로 터벅터벅 갔다. 이제는 왜 잡느냐고 따져 묻고 싶은 생각도 없었다. 매일매일 잡는 선도부도 지겹다는 표정이었다. 우리 반 애들이 지나가며 날 보고 히죽히죽했다. 아침 조회시간 내내 따가운 별 아래 줄곧 서 있었다. 바람 한 점 불지 않았다.

수업시간은 비몽사몽. 책상에 엎드려 있는데 하경이 밥 먹으러 가자고 흔들었다. 벌써 점심때였다. 버릇처럼 복도를 봤다. 하이에나처럼 어슬렁거리던 유도부들은 보이지 않았다. 식당으로 가서 줄을 섰다. 급식 판을 들고 가던 노랑머리가 어깨를 툭 부딪치며 지나갔다. 쳐다보자 히죽 웃었다. 비를 맞고 비틀거리며 가던 최 씨 할아버지가 떠올랐다. 그냥 고개를 돌리는데 하경이 노랑머리의 뒤통수를 쏘아보았다.

"저거 왜 툭 하면 시비냐?"

"나도 몰라."

"잰 너네 동네에 산다고 하지 않았어?"

"어."

"싸가지 없는 자식. 덩치만 커다래 가지고선."

하경이 들고 있던 급식 판을 흔들었다. 우리 차례가 되자 식당 아줌마가 음식을 담아주었다. 급식 판에 제육볶음이 있어 무심코 젓가락을 대는데 하경이 빤히 쳐다보았다.

"왜?"

"너 한약 먹는다며?"

"아, 그렇지."

젓가락을 치웠다. 한약 때문에 좋아하는 고기도 못 먹고. 건너편에서 하경이 밥에 제육볶음을 비비고 있었다. 주위를 둘러보았다. 애들이 맛있다는 듯 제육볶음을 입에 밀어넣고 있다. 콩나물 반찬과 된장국으로 밥을 먹었다. 입맛이 없어 먹는 둥 마는 둥 했다. 수저를 내려놓고 가져온 한약 파우치를 꺼냈다. 맛은 없고 써서 얼굴을 찡그렸다.

"근데 갑자기 한약은 왜 먹냐?"

"뭐 병원 갔더니 지어주더라고. 스트레스 지수도 높고…"

우물우물 대답했다. 고개를 들자 급식 판을 든 축구부가 우르르 이쪽으로 오고 있는 게 보였다. 후다닥 자리에서 일어섰다.

"나 먼저 간다."

"야, 같이 가."

뒤도 돌아보지 않고 식기 반납대로 향했다. 급식 판을 갖다 놓고 식당을 빠져나갔다. 뒤통수로 축구부가 왁자지껄 떠드는 소리가 들렸다.

컴컴한 골목에서 멱살을 잡혔다.

두 마디가 죽일 듯 목을 짓눌렀다. 손아귀에 어찌나 힘이 들어갔는지 숨이 컥컥 막혔다. 얼굴로 피가 확 쏠렸다. 두 마디의 손을 잡아챘다. 아무리 흔들어도 떨어지지를 않았다. 떨어지기는커녕 손가락이 더욱 목을 파고들었다. 두 마디가 이를 악물고 목을 졸랐다. 손에서 살기가 느껴졌다. 이러다 죽는 거 아냐?

"네가 뭐라고 떠들고 다녀서 애들까지 쫓아왔냐고."

두 마디는 더욱 목을 졸랐다.

"…커, 커… 너… 문이라고…"

목이 조여서 제대로 말을 할 수가 없다.

"뭐라고?"

"…너어 …때문이라고…"

"뭐?"

"너 때문이라고."

힘껏 두 마디의 손을 떼어내며 소리를 빽 질렀다. 손을 잡아채는 바람에 목의 단추가 뜯어져 후드득 날아갔다.

"무슨 소리야?"

"…네가 맨날 이러니까 내가 맨날 불러 다니는 거라고…"

숨을 몰아쉬며 목을 문질렀다.

"이것 때문에 왜?"

"골목에 CCTV 있지."

두 마디가 흠칫 저 앞쪽 위를 쳐다봤다.

"전산부장이 저걸로 계속 감시하고 있어."

목이 아파 계속 손으로 문질렀다.

"그래서?"

"네가 이러면 내일 내가 불려 간다고. 전산부장이 CCTV로

보고 있다가 내가 여기서 몇 시부터 몇 시까지 있었는지 그 동안 뭐 했는지 꼬치꼬치 캐묻는다고."

"그럼 학생회장은?"

"전산부장한테 불려 갔다 오니까 그걸 알고 학생회장이 부르는 거라고."

"그럼 축구부장은?"

"마찬가지지."

"다른 선배들도?"

"그래."

빽 하고 소리를 질렀다. 두 마디가 멀뚱한 눈으로 쳐다보고 있었다.

"애초에 네가 날 이렇게 끌고 들어오지를 않았으면 이런 일도 생기지 않았다고!"

다시 버럭 하고 소리쳤다.

"그럼 처음부터 그거였던 거야?"

두 마디의 목소리가 털썩하고 떨어졌다.

"그래. 네가 처음 골목으로 날 끌고 들어가고 나서 전산부장이 날 부른 거라고. 그다음부터 내가 불려가면 네가 다시 골목으로 끌어들이고. 그럼 담날 전산부장이 날 또 부르고. 그렇게 계속 반복된 거라고."

잔뜩 화가 나서 식식거리며 외쳤다. 두 마디가 놀람 반 의심 반의 눈빛으로 쳐다보고 있었다.

"정말이야?"

"정말이야. 전산부장이 CCTV로 다 보고 있더라고."

그 말에 두 마디가 섬찟한 표정을 지었다. 그리곤 입을 앙다물고 으르렁거렸다.

"거짓말하면 죽는다."

그리곤 휙 등을 돌려 가버렸다. 귀를 기울였지만 두 마디의 발소리가 들리지 않았다. 맥이 풀려 벽에 기대섰다. 멀리 큰길에서 차 소리가 어렴풋이 들렸다. 한동안 멍하니 그 자리에 꼼짝없이 서 있었다.

20 인생은 그런 것

다음 날 아침 뒤숭숭한 기분으로 눈을 떴다. 침대에서 내려와 커튼을 젖혔다. 바깥에 안개가 자욱했다. 마치 내 머릿속처럼 답답했다. 한숨을 쉬었다. 어제 대체 무슨 소리를 지껄인 거지? 생각할수록 마음이 답답했다. 무거운 몸을 끌고 계단을 내려갔다. 집 앞에서 할아버지가 몸을 풀고 있었다.

"잘 주무셨어요?"

"오냐. 잘 잤냐?"

"…예."

기운 없이 대답했다. 골목을 달려 빠져나갔다. 둘이서 산길을 뛰었다. 일부러 고개를 푹 숙이고 땅만 보고 달렸다. 머리 위에서 지저귀는 새소리가 시끄럽기만 했다. 위에서 발소리가 났다. 나무 사이로 후드티가 어른거렸다. 고개를 숙인 채 옆으로 비켜섰다. 두 마디는 금세 사라졌다.

곧이어 하나둘 하나둘 하는 구령 소리와 함께 축구부원들이 나타났다. 앞에 축구부장도 보였다. 옆으로 붙어 서서 그냥 뛰었다. 물론 고개도 들지 않았다.

아침도 먹는 둥 마는 둥 학교로 갔다. 교문 앞에 선도부가 없었다. 그 사실도 별달리 기쁘지 않았다. 점심시간에 백덕후가 불렀다. 우울한 마음으로 전산실로 향했다. 백덕후는 오늘도 커튼을 친 침침한 교실에 웅크리고 앉아 있었다.

"박평재. 왜 불렀는지 알지?"

"예."

될 대로 되라였다. 만사가 귀찮았다.

"너 어제 도대체 무슨 얘기 한 거야? 지금까지 중에서 가장 오래 있었어."

백덕후가 손가락으로 책상을 두드리고 있다.

"아무 일도 아니고 별 얘기 안 했어요."

무뚝뚝하게 대꾸했다.

"야, 내가 우습냐? 내가 만만해 보여?"

버럭 다그쳤다.

"그게 아니라, 정말 별 얘기 아니었어요."

"별 얘기 아닌 게 뭔데?"

안경알이 번득였다.

"그게, 진짜, 별 얘기가 아니라서."

고개를 숙였다.

"아무 일도 없었고 별일도 아니라는 걸 믿으라고?"

"예."

전산실에 긴 침묵이 흘렀다.

"내가 너 지켜보고 있다."

"저 선배님."

"뭐?"

"선배님, 시아 스토킹하세요?"

백덕후가 움찔하는 눈빛으로 쳐다봤다.

"그런 거 아냐."

"시아가 스토킹하는 거 알아요?"

"그런 거 아니라니까."

"공공 CCTV 해킹해서 보는 거 불법 아닌가."

머리를 갸웃했다.

"야, 쓸데없는 소리 그만하고 가."

백덕후가 소리를 빽 하고 질렀다.

"수고하세요."

고개를 꾸벅 숙이고 전산실을 나왔다. 오후에는 이순기한테 불려갔다. 역시 백덕후하고 똑같은 질문을 했다.

"아무 일도 아니고 별 얘기 안 했어요."

의자에 앉아서 같은 대답을 되풀이했다. 이순기가 기분 나쁜 눈으로 쳐다보고 있었다. 하지만 달리 대답할 말도 없었다.

종례가 끝나고 교무실로 향했다. 담임에게 가자 날 의아한 듯 쳐다보고 있었다.

"너 지난번 중간고사 점수 정정했지?"

고개를 갸우뚱하고 있다.

"예에."

"뭔 일인지 또다시 영점 처리가 됐어."

담임은 이해할 수가 없다는 표정이었다.

"예?"

"아무래도 학교 전산망에 문제가 있는 것 같다."

설레설레 고개를 저었다.

"아, 예."

"다른 애들은 괜찮은데. 왜 꼭 너만 그런지 모르겠다…"

난처한 표정으로 눈을 끔벅였다. 책상에 있는 핸드폰이 울리자 담임이 손을 까딱했다.

"내가 다시 정정할 테니까 가봐."

"예."

복도로 나오자 나도 모르게 위쪽을 쳐다보았다. 또 백덕후가 장난쳤나? 터벅터벅 교실로 돌아왔다. 들어오는 날 하경이 쳐다보았다.

"담임이 왜 불렀어?"

"별일 아냐."

대충 얼버무렸다.

"이 자식은 만날 별일 아니래."

하경이 투덜투덜했다.

"너 뭐 기분 안 좋은 일 있냐?"

"아니."

"아니긴 뭐가 아니야. 얼굴에 쓰여 있는데."

가방을 들고 교실을 성큼성큼 나왔다.

"너 자율학습 안 하냐?"

"어."

"어라, 진짜 무슨 일이 있나 본데. 야, 무슨 일이야?"

하경이 뒤따라 나오며 소리쳤다. 그냥 스탠드를 내려갔다. 운동장에 축구부가 있었지만 쳐다보지 않았다. 하늘에 먹구름이 잔뜩 몰려와 있었다. 한바탕 비라도 쏟아졌으면 좋겠다. 교문 앞의 나무들이 후덥지근한 공기에 축 처져 있다.

학원수업이 시작하기 직전에 강의실로 들어갔다. 맨 뒤쪽 문 바로 옆에 앉았다. 고개를 들자 이순기가 두 마디의 옆에 앉아 있었다. 존의 수업이 끝나자마자 픽 나와 버렸다.

집에 오자마자 가방을 던지고 옷을 갈아입었다. 일부러 모자가 달린 옷을 골랐다. 푹 뒤집어쓰고 곧장 체육관으로 갔다. 링에서 유도부장이 상대방을 붙잡고 있었다. 단숨에 상대를 바닥에 메다꽂았다. 꽝, 하는 소리가 유난히 크게 들렸다. 덩치가 이쪽을 쳐다보는 것 같았다. 다행히 모자가 시선을 가려주었다.

한쪽에서 줄넘기를 하고 샌드백을 쳤다. 그리곤 집으로 돌아왔다.

참고서를 옆구리에 끼고 계단을 터벅터벅 올라갔다. 옥상의 문을 열었다. 영재 삼촌이 평상에서 만화책을 보며 뒹굴고 있었다.

"삼촌, 공부 안 해?"

"넌 하고 싶냐?"

만화책을 내리고 흘끔 보았다.

"아니."

참고서를 내려놓고 옆에 걸터앉았다.

"삼촌, 여자한테 심한 얘기한 적 있어?"

한숨을 푹 쉬었다.

"있지. 이 잘생긴 게 죄지."

손으로 얼굴을 쓰다듬었다.

"하고 나면 어때?"

"당연히 안 좋지."

"그렇지?"

"그래도 어떡하냐. 새로운 사랑이 기다리는데."

건너편 옥상을 보며 듣는 둥 마는 둥 하고 있었다. 영재 삼촌이 한 손으로 턱을 괴고 쳐다보았다.

"인생이 다 그런 거다. 옛사랑이 가면 새로운 사랑이 오는 거지."

태평한 소리를 했다. 그냥 건성으로 고개를 끄덕였다.

다음 날도 산에서 두 마디와 마주쳤다. 서로 고개를 푹 숙이고 지나갔다. 뒤에서 달려오던 축구부장이 어라? 하는 눈으로 봤다.

한 주가 지났다. 두 마디가 불쑥 나타나는 일은 없었다. 알아본다고 하더니 이제 오해가 풀렸나? 걔가 얼씬거리지 않으니까 선배들이 부르는 일도 사라졌다. 조마조마하던 마음이 조금씩 풀리고 있었다.

또 한 주가 지났다. 두 마디가 불쑥 나타나는 일도 선배들이 부르는 일도 없어졌다. 한결 마음이 편해졌다. 한번은 학교 복도에서 우연히 두 마디와 마주쳤다. 순간 멈칫하는데 두 마디는 날 쳐다보지도 않았다. 주위에 있던 애들이 그 모습을 본 모양이었다. 소문은 삽시간에 퍼졌다. 유시아와 박평재가 깨졌다고. 편의점에 들렀더니 하경이 대번에 물었다.

"야, 너네 깨졌다며?"

"소문났냐."

"어. 깨졌다고 소문 파다하더라."

"그렇게 됐어."

"야, 솔직히 얘기해봐. 네가 차였지."

하경이 얼굴을 들이댔다.

"어휴, 그래 내가 차였다, 내가 차였어."

"그래, 하긴. 네가 걔를 찰 리가 있겠냐. 어휴, 나도 한번 차여봤으면 좋겠다."

하경이 손으로 가슴을 두드렸다.

"그래서 얼굴이 죽상이었구만."

하경이 씩 웃었다.

"그럼, 그렇지. 네가 감히 두 마디를."

주먹으로 어깨를 쳤다.

"왜, 안심되냐?"

"당연하지, 인마. 내가 너 정도에 졌다고 생각하면 잠 못 자지."

"당연하죠. 시아 언닌데."

뒤쪽 테이블에서 뾰족한 소리가 날아왔다. 고개를 돌리자 중학생 셋이 테이블을 차지하고 있었다. 요새 툭 하면 편의점에서 죽치고 있다.

"맞아, 맞아."

눈이 커다란 애가 맞장구를 쳤다.

"주제를 알아야지."

얼굴이 뽀얀 애가 코웃음을 쳤다.

"그럼, 나는 어때?"

계산대에 등을 기대며 하경이 미소를 날렸다.

"오빤 최고죠."

긴 생머리의 얼굴이 빨개졌다. 나머지 둘도 몸을 배배 꼬았다. 벌써 녀석에게 넘어간 모양이었다.

학원에 갔다. 항상 앉는 자리에 앉아 앞을 보았다. 두 마디의 뒤통수가 보였다. 깊게 한숨을 내쉬었다. 이제 앞으로 재와 부딪힐 일도 없다. 후련했다. 홀가분하다는 게 이런 기분일까? 뒷머리에 깍지를 끼고 그런 생각을 했다.

앞문으로 이순기가 들어왔다. 어김없이 오늘도 두 마디 옆으로 가 앉았다. 이순기가 두 마디에게 말을 붙이는 게 보였다. 들고 온 음료수를 주려는 것 같았다. 두 마디는 고개를 들지 않았다. 이순기가 음료수를 옆의 책상에 내려놓았다. 두 마디는 그냥 무시했다. 이순기가 초조한 듯 뒷머리를 쓸어 넘겼다.

21 한방

아침에 절에서 내려오는데 축구부원들 서른 명이 두 마디를 따라 달려 내려가고 있었다. 앞에서 축구부장이 두 마디에게 집적거리고 있었다. 두 마디는 고개를 푹 숙이고 있다. 그쪽을 보느라 할아버지를 놓쳤다. 돌아보자 벌써 저만큼 계단을 내려가고 있었다.

체육관에 갔더니 유도부장이 두 마디의 곁을 맴돌았다. 펀치 볼을 치면서도 역기를 들면서도 눈이 계속 두 마디를 좇았다. 두 마디가 스파링을 하자 링 펜스에 달라붙었다. 왜 저래? 자꾸만 눈이 갔다. 며칠 사이에 선배들이 하나같이 두 마디에게 피치를 올리고 있었다. 꺅꺅거리는 소리에 돌아보자 어느새 중학생들이 링 주위에 모여 있었다. 두 마디도 참

피곤하겠다는 생각이 들었다. 그냥 좀 내버려 두면 안 되는 걸까.

다음 날 학원에 일찍 도착했다. 늘 하듯 맨 뒤로 갔다. 두 마디는 벌써 맨 앞에 앉아 공부하고 있었다. 책에 얼굴을 파묻다시피 하고 있는 모습을 물끄러미 보았다. 정말 악착같이 공부한다. 하경이 말로는 전교 1등이라는데, 헐. 문득 비어 있는 두 마디의 옆자리를 보았다. 가방을 들고 일어섰다. 나도 내가 뭘 하려는지 생각하기도 전에 그 자리에 앉았다. 두 마디는 쳐다보지도 않았다. 잠시 후 앞문으로 이순기가 들어왔다.

"박평재. 네가 여기 웬일이야?"

이순기가 옆으로 왔다.

"그냥요."

"그래? 수고했어. 가봐."

"왜요?"

"왜라니?"

"저 원래 이 과목 듣는데요."

"그래서?"

"저, 수업 들으려고요."

"뭐?"

그때 문이 열리며 존이 들어왔다.

"박평재. 너 조심해라."

이순기는 그 말을 뱉고는 다른 자리에 가서 앉았다. 문득 옆을 보자 두 마디가 싱긋 웃고 있다. 어? 뭐지? 웃었다. 그 모습이… 예뻤다. 존은 여느 때처럼 열심히 떠들었다.

수업이 끝나고 복도로 나가자 이순기가 벽에 기대서 있었다.

"박평재. 거기 왜 앉았어?"

"어, 그냥 마침 앞자리가 비어서 앉은 거예요."

"거기 나 항상 앉는 거 몰랐어?"

이순기가 낮은 소리로 되물었다.

"…아뇨. 알았는데요."

"근데, 왜?"

"수업할 때까지 안 보이시길래 안 오시는 줄 알았어요."

이순기가 입을 꾹 다물고 쳐다보았다.

"야, 박평재. 조심해라."

다시 한 번 노려보더니 등을 돌렸다. 이순기한테 한 소리 들었지만 별 신경 안 쓰였다. 그보다 두 마디가 싱긋 하고 웃던 게 자꾸 머릿속을 맴돌았다. 물론 날 보고 웃은 게 아니지만, 그 미소가 머릿속에서 떠나지를 않았다.

참고서를 끼고 계단을 겅중겅중 뛰어올랐다. 옥상에 김 순경이 와 있었다.

"오셨어요?"

반갑게 인사를 했다.

"어, 오랜만이다."

그러면서 내 얼굴을 쳐다보았다.

"오늘은 활기가 넘치는데."

"예에…."

머리를 긁적이며 두 사람 옆의 평상에 걸터앉았다.

"그동안 바쁘셨어요?"

"응. 바빴지."

"애 보느라고 바빴겠지."

영재 삼촌이 심드렁하게 덧붙였다.

"넌 요새 어떠냐?"

김 순경이 영재 삼촌을 쳐다보았다.

"나도 바빴지. 여자 새로 사귀느라고."

한참을 새로 사귄 여자와 애 얘기로 시시덕거렸다. 평상에 다리를 늘어뜨리고 한가롭게 앉아 있었다.

"공무원 연금 꼬박꼬박 나오지? 나도 공무원 시험이나 볼까? 내 머리로는 1년이면 될 것 같은데."

영재 삼촌이 턱을 쓸었다.

"되긴 하지. 근데 너 150만 원부터 다시 시작할 수 있냐?"

김 순경이 물었다.

"그것 가지고 어떻게 살아?"

영재 삼촌이 대번에 고개를 저었다.

"공무원 월급 많이 오르지 않았냐?"

"오른 게 그거야."

둘이서 150만 원으로 사네, 못 사네 또 한참 입씨름을 했다. 이제 가게 타령은 쏙 들어갔다. 그리곤 만만한 공무원으로 돌아섰다. 두 사람의 말을 흘려들으며 평상에서 다리를 쭉 폈다. 밤하늘을 보며 기지개를 켰다. 후덥지근한 바람이지만 머리칼을 살랑살랑 흔들었다.

다음 날 아침 산을 뛰는데 두 마디와 마주쳤다.

"안녕하세요."

두 마디를 향해 먼저 인사를 날렸다. 두 마디도 달려 내려가며 인사했다. 뒤에는 여느 때처럼 축구부원들이 우르르 따라오고 있었다. 선배들과 지나치며 한 사람 한 사람에게 다 인사를 했다.

"어, 선배님. 안녕하세요."

"선배님, 안녕하세요."

축구부장과도 마주치자 큰소리로 인사했다.

"아, 안녕하세요."

"어, 그래. 그래."

축구부장이 대충 고개를 끄덕이며 달려 내려갔다. 모두와 인사를 하자 두 마디와 인사를 해도 뭐라고 할 말이 없는 눈치였다. 땀이 줄줄 흘러내렸다. 그래도 기분이 좋았다. 몸도 가뿐했다. 코를 간질이는 공기도 신선했다. 숨을 크게 들이쉬고 축축한 풀 냄새와 흙냄새를 맘껏 맡았다. 머리 위에서 새들이 명랑하게 지저귀고 있다. 모처럼 가볍게 절의 계단을 달려 올라갔다.

방과 후에 편의점에 들렀더니 하경이 혼자 있었다. 뒤쪽 테이블에 매일 같이 진을 치고 있던 여자애들이 보이지 않았다.

"걔들 어디 갔냐?"

허리를 굽히고 아이스크림 냉장고에서 하드를 꺼냈다.

"공부한다고. 걔들 시험 얼마 안 남았잖아."

"혼자 있느라 심심하겠다."

"내가 왜 혼자 있어?"

하경이 무슨 소리야 하듯 능글능글 웃었다.

"그새 또?"

"어쩌겠냐. 여자들이 나 좋다는데."

하드의 바코드를 찍으며 실실거렸다. 어휴, 집에 있는 인간이나 여기 있는 인간이나. 하드의 껍질을 벗겼다.

"야, 돈."

손을 까딱거렸다.

"아, 그렇지."

체육복 주머니에 손을 쑤셔 넣었다. 지갑이 없었다. 집에 빠트리고 온 모양이다.

"그냥 네가 사라."

"데이트 비용도 모자라."

녀석이 엄살을 떨었다.

"그럼, 달아놔."

"여기가 무슨 학교 매점이냐."

녀석이 투덜거리며 날 유심히 쳐다봤다.

"두 마디하곤 깨졌는데 어째 활기가 도냐?"

"뭐?"

"걔하고 한창 소문날 땐 다크서클이 여기까지 내려왔잖아."

그러면서 손을 아래턱에 갖다 대었다.

"야, 무슨."

"툭하면 졸고. 눈은 시뻘겋고."

내 말은 무시하고 주절주절 떠들었다.

"역시 여자는 가려서 사귀어야 돼."

"뭐?"

어이가 없어 그냥 봤다.

"유시아 예쁘다고 난리 친 건 너잖아."

"뭐, 유시아? 너 언제부터 걔 이름 불렀어?"

하경이 하드를 빼앗아 제 입에 쑤셔 넣었다.

"깨졌다고 상심이 크긴 크나 보네."

"누가 상심을 해?"

버럭 했다.

"안 부르던 이름까지 부르고, 엉?"

힐끔힐끔 쳐다본다. 대꾸할 말이 없는데 손님이 들어왔다. 그 틈에 편의점을 나왔다.

곧장 체육관으로 갔다.

유시아는 후드티를 쓰고 샌드백을 치고 있었다. 뒤통수가 찌릿해서 쳐다보자 유도부장이 제 목을 손으로 그었다. 그러거나 말거나. 이제 신경 안 쓰기로 했다. 관장 아저씨가 미트를 끼고 다가왔다. 한번 쳐보라고 했다. 온 신경을 모아 미트를 때렸다. 관장 아저씨의 손이 점점 빨라졌다. 그걸 따라 계속 펀치를 날렸다.

"한 번 더. 한 번 더."

관장 아저씨가 소리쳤다.

"스파링 한번 해볼까?"

관장 아저씨가 휙 둘러보았다.

"시아야."

손을 까딱까딱하며 유시아를 불렀다. 헉. 안 되는데. 후드티를 쓰고 샌드백을 치고 있던 유시아가 이쪽을 봤다.

"얘하고 스파링 좀 해라."

그러면서 내게 말했다.

"잘하는 애니까 많이 배울 거야."

"아니, 하 하지만…."

어쩔 줄 몰라 말을 더듬는데 유시아 옆에서 얼쩡거리고 있던 덩치가 우리 옆으로 슬금슬금 다가왔다.

"관장님, 저도 시아하고 좀."

두 손을 맞잡으며 공손하게 부탁했다.

"넌 안돼, 마. 시아 잡을 일 있냐."

관장 아저씨가 버럭 했다. 덩치가 날 찌익 노려보았다. 얼굴에 헤드기어를 쓰고 링으로 올라갔다. 유시아가 날 쳐다보며 주먹을 팡팡 쳤다. 에라 모르겠다. 죽기 아니면 까무러치기지. 그 순간 유시아가 다리를 걷어차며 달려들었다. 로킥에 비틀하는 찰나 틈을 두지 않고 펀치를 날렸다. 또다시 비틀. 유시아가 쫓아오며 계속 얼굴에 펀치를 먹였다. 피하려고 몸을 숙였다.

그때 유시아가 팔을 잡으며 뒤로 한 바퀴 굴렀다. 함께 넘어지며 바닥을 굴렀다. 유시아가 옆구리에 펀치를 먹이며 재빨리 등에 올라탔다. 그리곤 바로 목을 조르기 시작했다.

"박평재… 박평재."

누가 손으로 얼굴을 두드렸다. 눈을 뜨자 체육관 천장이 들어왔다. 링 바닥에 쭉 뻗어 있었다. 관장 아저씨가 날 내려다보고 있다.

"그렇다고 기절하냐?"

"…."

일어나 앉았다. 손으로 목을 문질렀다. 등도 아프고 목도 아팠다. 온몸이 뻐근했다.

"아직 무리네. 한 방에 나가떨어졌어."

관장 아저씨가 홰홰 머리를 저었다.

목을 문지르며 고개를 돌렸다. 유시아는 한쪽에서 줄넘기를 하고 있었다. 무슨 여자가 저렇게 펀치가 세? 하긴 목을 틀어쥐던 그 악력이 어디서 나왔겠냐. 저런 애를 피하려고 했는데 그게 되냐?

구석에서 쉬고 있는데 할아버지가 체육관으로 들어섰다. 운동이 끝난 후 같이 돌아갔다.

골목 모퉁이에서 또 담배 연기가 모락모락 나고 있었다. 흘끔 보자 노랑머리와 그 패거리들이었다. 할아버지를 보더니 또 저 할아버지야 하는 얼굴로 찌푸렸다.

"또 너희들이구나."

할아버지가 애들 앞에서 뒷짐을 졌다.

"한 번 더 걸리면 어쩐다고 했냐?"

"에? 뭔 소리래."

노랑머리가 담배를 휙 날리며 멋대로 지껄였다. 저러다 혼나지 싶은데 마침 순찰차 한 대가 골목으로 굴러왔다. 순찰차가 멈춰서고 김 순경이 문을 열고 내렸다.

"어, 마침 잘 왔어."

할아버지가 손짓했다.

"예? 무슨 일이세요?"

김 순경이 다가와 노랑머리와 패거리들을 둘러보았다.

"너희들 또 여기서 담배 피웠지?"

대뜸 노랑머리의 귀를 잡아당겼다.

"아씨, 왜 이래요?"

노랑머리가 새된 소리를 질렀다.

"뭘 왜 이래? 여기서 피지 말라고 했어, 안 했어?"

"아씨, 누가 피웠다고 그래요?"

"지금 나는 냄새는 뭐야. 너희들이 툭 하면 재개발구역에서도 피는 거 다 알아. 거기 며칠 전에 불날 뻔했어. 담배꽁초 때문에."

"우리 안 버렸어요."

"거기 CCTV에 다 찍혔어."

"아씨, 우리 아니에요."

"그건 파출소 가서 얘기해."

김 순경이 우르르 순찰차의 뒷자리에 애들을 태웠다. 노랑머리가 툴툴거리며 타지 않으려고 버텼다.

"우리 할배 누군지 알죠?"

"그건 왜?"

"우리 할배 오면 안 좋을 텐데."

노랑머리가 히죽이며 씨부렁거렸다.

"부르든 말든 맘대로 해."

김 순경이 노랑머리를 뒷자리에 쑤셔 박았다. 뒷자리에 넷이 짐짝처럼 실렸다. 애들을 실은 차가 골목을 뒤로했다. 깜빡깜빡 붉은 등이 천천히 멀어졌다.

22 비상사태

아침에 뛰는 게 즐거웠다. 알람이 울리기도 전에 눈이 떠졌다. 계단을 달려 내려갔다. 골목에서 혼자 뜀박질을 했다. 할아버지가 나왔다. 날 보더니 입꼬리가 올라갔다. 둘이서 골목을 빠져나갔다. 산을 뛸 때 내가 앞장서 뛰었다. 몸이 점점 가벼워지고 있다. 팔에 알통이 생긴 것 같고 다리도 갈라졌다. 힘차게 땅을 박찼다. 나무 사이로 유시아의 모습이 어른거렸다. 서로를 향해 고개를 까딱하며 지나쳤다.

밤에 학원에 갔더니 유시아의 옆자리에 선도부가 앉아 있었다. 그래서 다른 데 앉았다. 얼마쯤 지나자 강의실로 이순기가 나타났다. 선도부가 벌떡 일어나 자리를 비켜주었다.

이순기가 수고했다는 듯 선도부의 어깨를 두드렸다.

이튿날은 조금 일찍 학원에 갔다. 하지만 유시아의 옆자리는 벌써 선도부가 차지하고 있었다. 그다음 날도, 또 다음 날도. 며칠 만에 알았다. 선도부원들이 돌아가며 유시아의 옆자리를 맡아두고 있었다. 이순기가 앉을 수 있도록. 그래서 내가 옆에 앉을 수 있었던 건 한 번으로 끝났다.

그럴수록 뻰질나게 체육관으로 향했다. 그리고 운이 좋으면 오늘처럼 이렇게 스파링을 할 수도 있다.

퍽. 넋 놓고 있다가 턱을 맞았다. 비틀했지만 버텼다.

“가드 들고, 자세 낮추고, 계속 움직여.”

뒤에 서 있던 관장 아저씨가 소리쳤다. 연달아 유시아의 주먹이 배를 강타했다. 다리가 휘청했지만 넘어지지 않았다. 자세를 낮추고 계속 움직였다. 어, 견딜 만하네. 이렇게 버티는구나. 가드 친 틈으로 유시아의 모습이 보였다. 생기가 넘치고 반짝반짝했다. 정말 운동을 좋아하는 모양이었다. 자기가 좋아서 하면 저런 모습일까. 문득 그런 생각을 했다.

새가 높은 소리로 울었다. 창문을 활짝 열었다. 팔을 위로 쭉 뻗으며 바깥을 내다보았다. 날씨가 맑고 화창했다. 벌써 여름 해는 높이 떠올랐다. 건너편의 옥상 난간을 줄무늬 고양이가 어슬렁어슬렁 지나가고 있다. 사람이 보고 있는데도 놀라거나 당황하지도 않았다. 사라지기 전에 한번쯤 돌아봐 주는 서비스 정신도 잊지 않았다. 그 모습이 태평하기 짝이 없었다.

여느 때처럼 산길을 달렸다. 얼굴에 부딪히는 바람이 시원했다. 공기도 상쾌했다. 축축한 나무 냄새와 흙냄새에 기분이 좋았다. 오늘따라 새소리도 정답게 들렸다. 삐이익 삐이익. 꼭 뭐라고 말을 거는 것 같았다.

날아갈 듯 가볍게 비탈길을 뛰었다. 컨디션도 좋았다. 절까지 한달음에 달렸다. 법당 문이 활짝 열려 있다. 할아버지가 부처님 앞에서 두 손을 맞잡았다. 머리를 숙인 채 눈을 감았다.

"나무아미타불, 관세음보살."

나도 눈을 감았다. 염불 소리가 귀로 흘러들었다. 나무아미타불, 관세음보살…. 왠지 마음이 가라앉았다.

절의 계단을 내려오면서 두리번거렸다. 유시아가 보이지 않았다. 오늘은 안 뛰나? 고개를 갸웃했다.

산에서 내려오자 할아버지가 걸음을 재촉했다.

"재개발구역 좀 들렀다 가자."

"왜요?"

아, 그렇지. 토요일이구나.

"오늘 철거한다니까 잠깐 들렀다 가자."

"어? 네에…."

그럼 유시아 집은? 물어보려고 했지만, 할아버지는 벌써 건널목을 건너고 있었다. 등 뒤로 덜컹덜컹 전철이 지나갔다.

재개발구역에 들어서자 골목에 펜스가 처져 있었다. 아, 진짜 헐리는구나. 새삼스레 둘러보고 있는데 그때 어디선가 비명이 들렸다. 소리가 나는 곳을 향해 몸을 돌렸다. 뒤쪽 건물 계단 앞이었다. 40~50명 정도 되는 용역들이 건물을 둘러싸고 있었다. 할아버지가 들어가려고 하자 용역들이 앞을 가로막았다.

골목 앞에는 양복 입은 사람들이 왔다 갔다 하고 있었다. 할아버지가 그쪽으로 갔다.

"무슨 일이야?"

"퇴거 명령 했는데도 안 나가서 강제 집행하고 있어요."

남자가 덤덤한 얼굴로 말했다.

"그 사람들도 권리가 있는데?"

"저희는 법에 정해진 대로 할 뿐입니다. 안 나가는 사람들까진 어쩔 수가 없죠."

남자가 딱딱한 얼굴로 고개를 저었다. 그때 꺄악 하는 비명과 함께 누가 바깥으로 내팽개쳐졌다.

"엄마."

안에서 사람이 뛰쳐나왔다. 유시아…였다. 머리카락이 흩어져 있고 티셔츠 앞자락이 축 늘어져 있었다. 함부로 끌려 내려온 것 같았다. 유시아가 엄마의 손을 붙잡으려고 했다. 하지만 용역들도 가만히 있지 않았다. 떼어놓으려는 듯 양쪽에서 잡아당겼다. 유시아가 한사코 엄마를 붙들고 늘어졌다. 손이 부들부들 떨리고 있었다. 아줌마도 유시아를 놓치지 않으려고 아우성쳤다.

"시아야."

"엄마."

용역들이 우르르 달려들어 억지로 떼어냈다. 버티는 유시아를 잡아끌면서 옷이 찢어졌다. 슬리퍼도 벗어져 날아갔다. 나도 모르게 주먹을 불끈 쥐었다. 용역의 다리를 차며 골목에 떨어져 있는 각목을 집어 들었다.

"평재야."

할아버지가 놀라 소리쳤다.

"할아버지, 들어오지 마세요."

한 손으로 유시아의 어깨를 잡았다. 그리곤 용역들이 다가오지 못하도록 각목을 휘둘렀다. 멋대로 끌고 가게 둘 수 없다. 머릿속에 그 생각뿐이었다. 각목을 휘두르며 버텼다.

"오지 마, 오지 마."

뒤에 있는 용역들이 널빤지를 들고 한 발 한 발 다가왔다. 가까이 오지 못하도록 각목을 휘둘렀다. 용역들이 뒤로 물러섰다. 눈치를 보며 선불리 다가오지 못했다. 얼굴이 까맣게 탄 아저씨가 비아냥거렸다.

“여자친구야?”

“알 거 없잖아요. 아저씨들 왜 이래요?”

“너야말로 왜 이래? 우리 일 방해하지 말고 나와.”

“싫어요.”

“어, 학생. 이러다 다치면 서로 안 좋아.”

그러면서 슬금슬금 들어왔다. 얼굴에 땀이 흘러내렸다. 지쳐서 숨을 헐떡거렸다. 문득 눈에 CCTV가 잡혔다. 빨간불이 깜박거리는 게 작동되고 있는 것 같았다. 백덕후가 보고 있을까.

“시아야 잠깐만 기다려. 사람들 곧 올 거야.”

소리치는 순간 시아를 CCTV가 있는 쪽으로 확 잡아끌어 입을 맞췄다. 그 순간 주머니에 있는 핸드폰이 요란하게 울리기 시작했다. 문자가 쉬지 않고 들어오는지 핸드폰이 정신없이 울렸다. 얼른 좀 나타나라. 초조하게 중얼거렸다. 옆을 보자 할아버지가 전화기에 대고 소리치고 있었다. 어디선가 구경꾼들이 몰려왔다. 그 틈에 불쑥 키가 큰 남자가 보였다.

“평재. 이걸 찍어서 SNS에 올릴 겁니다.”

존이 번쩍 쳐든 손에 핸드폰이 들려 있었다. 존은 사람들 틈을 비집고 나와 연신 사진을 찍었다. 용역들이 찍지 말라는 듯 손을 내저었다. 존이 뛰었다.

"조금만 참아. 사람들이 올 거야."

유시아를 보았다. 눈동자가 흔들렸다. 얘가 넋이 반쯤 나가 있었다. 이런 모습은 처음이었다.

"대체 이게 무슨 경운가?"

할아버지가 소리 높여 따지고 있었다.

"어르신 일이 아니니 상관하지 마세요."

"내 일이 아니라니 엄연히 우리 동네에서 벌어지고 있는 일인데. 최소한 짐이라도 갖고 나오게는 해줘야지."

몹시 역정 난 목소리였다.

"나중에 찾아가면 됩니다."

남자가 딱 잘라 말했다.

"저희는 법대로 하고 있습니다."

"사람들을 강제로 끌어내고 있는데 법대로 하다니."

"어르신. 저흰 절차대로 했습니다. 철거 날짜를 공고한 것은 물론 이주비까지 다 지급했고요."

책임자라고 하는 남자가 반박을 했다.

"무슨 이주비요?"

바닥에 웅크리고 있던 유시아의 엄마가 고개를 들었다.

"우린 받은 적도 없어요."

"이런. 최만식."

할아버지가 끙하고 신음을 올렸다. 골목 모퉁이에서 최 씨 할아버지가 몸을 딱 붙이고 이쪽을 엿보고 있었다.

"야, 최만식."

할아버지가 소리치자 뒤도 안 돌아보고 내뺐다. 진짜 야비했다. 용역들이 포위를 좁히며 천천히 들어왔다. 가까이 붙지 못하도록 계속 각목을 휘둘렀다.

"야, 그깟 애새끼 둘도 처리 못 해."

누가 째진 소리를 냈다. 용역들이 움찔하며 다가오는데 뒤에서 우당탕하는 소리가 들렸다. 축구부와 유도부, 그리고 선도부가 눈이 새빨개져서 나타났다. 모두 죽일 듯한 눈으로 날 노려보고 있다. 축구부와 유도부, 그리고 선도부는 세 군데서 몰려들었다. 족히 100명은 넘을 것 같았다. 학생들의 숫자에 용역들이 멀뚱멀뚱 있었다.

"네가 시아랑 뽀뽀를 해?"

덩치가 내게 달려드는 걸 보고 시아의 손을 움켜잡았다.

"시아야. 이제 됐어."

그 순간 덩치의 육중한 몸에 깔렸다. 덩치가 올라타서 내 목을 눌렀다. 숨을 쉴 수가 없어 캑캑거렸다.

"네가 시아랑 뽀뽀를 해. 죽을래."

덩치의 눈이 이글이글 타고 있다. 나와 덩치가 엎치락뒤치락하는 위로 축구부원들과 선도부원들이 올라탔다. 모두 날

죽이겠다고 달려들고 있었다. 애들끼리 치고받고 하자 용역들은 영문을 몰라 그냥 있었다. 뒤쪽에서 이순기가 따지고 있는 소리가 들렸다.

"지금 강제 철거 맞습니까?"

"넌 뭐야?"

"저 여학생은 우리 학교 학생입니다. 따라서 학생회장인 제가 좀 알아야겠습니다."

"뭐야?"

"지금 이렇게 하는 건 법적으로 문제 있는 것 아닙니까?"

이순기가 계속 끈덕지게 물고 늘어졌다. 어디선가 사이렌 소리가 요란하게 울렸다. 골목으로 경광등을 번쩍이며 경찰차들이 들어오고 있었다. 경찰들이 차에서 뛰어내렸다.

"싸움 중지하세요. 싸움 중지하세요."

메가폰 소리가 울려 퍼졌다. 호루라기 소리가 시끄럽게 났다.

23 미안해

천천히 계단을 올라갔다. 잠깐 멈춰 서서 숨을 돌리고 다시 올라갔다. 깁스한 쪽 팔의 겨드랑이가 땀으로 축축했다. 겨우 학원 강의실 앞에 도착했다. 날 보더니 뒷문으로 들어가던 애가 문을 잡아주었다.

의자를 빼서 깁스한 팔이 닿지 않도록 조심조심 앉았다. 휴. 안도의 숨을 내쉬었다. 맨 앞에 유시아의 뒤통수가 보였다. 그 옆에 이순기가 보란 듯 앉아 있었다. 그 사건 이후로도 달라진 건 없었다. 오히려 유시아의 인기는 더 치솟았다.

한 손으로 참고서를 꺼내다가 발소리에 고개를 들었다. 유시아가 가방을 들고 서 있었다.

"…어, 왜?"

놀라 눈을 둥그렇게 떴다. 유시아는 아무 대꾸도 없이 옆 자리에 앉았다. 모두의 눈들이 일제히 쏠렸다. 이순기가 당황한 얼굴로 이쪽을 보고 있다. 당황스럽기는 나도 마찬가지였다. 존이 들어왔다. 나란히 앉아 있는 우리를 보더니 싱글싱글 웃었다. 오해라고 얘기해주고 싶었지만, 눈들이 많아서 꾹 참았다. 수업이 끝나자 존이 뒤로 왔다. 날 보더니 싱긋 웃었다.

"나 파출소 잡혀갔습니다."

얼굴은 찡그렸지만 눈은 웃고 있다.

"어? 그럼?"

"곧 훈방조치 됐습니다."

존이 앞을 돌아보았다.

"물론 순기와 다른 학생들도 똑같습니다. 아, 시아."

존이 유시아를 쳐다봤다.

"용기 잃지 마시기 바랍니다."

격려라도 하듯 고개를 끄덕였다. 그리곤 시계를 보며 강의실을 나갔다. 엉거주춤 자리에서 일어섰다. 가방을 집어 드는데 유시아가 불쑥 낚아챘다. 그리곤 어깨에 둘러멨다.

"가자."

"…어?"

당황해서 주춤거리며 따라갔다. 밖으로 나오자 유시아는

벌써 저만큼 가고 있었다. 복도에 있던 이순기가 다가왔다.

"또 너냐?"

이를 악물고 있다. 유시아가 휙 돌아보았다. 그냥 그 자리에 서 있었다. 대답도 못 하고 이순기를 지나쳤다. 양쪽에 가방을 짊어진 유시아와 팔에 깁스를 한 내가 함께 걸어갔다. 모두 우리를 쳐다봤다. 걸음을 멈추고 쭈뼛쭈뼛 손을 내밀었다.

"먼저 가. 난 하경이한테…."

가방을 받으려고 하자 유시아가 도리질을 했다.

"내가 가져갈게."

유시아가 등을 돌렸다. 어깨를 펴고 당당하게 걸었다. 대체 쟤는 어떤 애지? 문득 궁금해졌다. 편의점에 갔더니 하경이 대뜸 물었다.

"네 여친은?"

"아, 시아 먼저 갔어."

"자식이 이젠 부인도 안 하네."

"어휴, 부인한다고 네가 듣겠냐."

"너네 같은 집에 산다며?"

"어, 난 4층, 걘 옥탑."

"그래도 한집이잖아."

하경이가 느물느물 웃었다.

"등하교도 같이하고, 학원도 같이 다니고."

"먼저 갔다니까."

"시아랑 다니고 세상 부러운 놈. 요샌 어떠냐?"

"선배들이 안 괴롭혀서 살 만해."

하경이가 건네준 콜라를 쭉 들이켰다.

"그치 이젠 공식 커플이니까."

"아니라니까."

녀석이 또 시작이네 하는 얼굴로 쳐다봤다.

가슴이 답답해 눈을 떴다. 영재 삼촌이 팔로 날 끌어안고 내 몸에 다리를 얹고 있었다. 다리를 치우고 몸을 흔들었다.

"아, 삼촌 왜 또 여기서 자?"

"어, 왜?"

영재 삼촌이 부스스 눈을 떴다.

"왜 맨날 여기서 자냐고?"

"그럼 빡토 옆에서 자냐?"

"5층에 딴 방 있잖아."

"그럼 네가 가서 자."

영재 삼촌이 홑이불을 둘둘 말며 돌아누웠다. 나 참. 그건 나도 싫다. 운동화를 신고 밖으로 나갔다. 골목에서 유시아가 스트레칭을 하고 있었다. 후드티를 푹 뒤집어쓰고 있다.

어색하게 눈으로만 인사했다. 몸을 풀고 있는데 할아버지가 내려왔다. 셋이 골목을 빠져나갔다. 유시아가 맨 앞으로 치고 나갔다. 역시 잘 뛴다. 그리고 나. 할아버지는 뒤에서 천천히 따라왔다.

큰길로 나오자 덤프트럭이 재개발구역 쪽으로 바쁘게 오가는 게 보였다. 폐자재를 잔뜩 실었다. 애들이 몰려왔던 그 다음 날 건물들은 무너졌다. 당장 갈 데가 없는 유시아와 아줌마를 옥탑방으로 데려온 것은 할아버지였다. 집을 구해 나갈 때까지 그냥 살라고 했다. 영재 삼촌은 5층으로 쫓겨 내려왔다. 하지만 툭하면 내 방에서 잔다.

내처 절까지 달렸다. 마당으로 들어서자 염불 소리가 낭랑하게 울려 퍼졌다. 유시아가 할아버지를 따라 법당 안으로 들어갔다. 단정하게 무릎을 꿇었다. 나도 옆에 무릎을 꿇었다. 할아버지가 아침 예불을 올렸다. 살짝 눈을 떴다. 유시아는 눈을 꼭 감고 머리를 숙이고 있다. 정말 얘는 어떤 애일까.

"영재야."

"예?"

"너도 이리 오너라."

할아버지가 소파에 있는 영재 삼촌을 불렀다. 웬일인지 영재 삼촌이 고분고분 상 앞에 앉았다. 밖은 날이 저물어 어두컴컴했다.

“小董辭 黃帝又問 小董曰 夫爲天下者 亦奚以異乎牧馬者哉 亦去其害馬者而已矣”

할아버지가 고개를 들었다.

“영재야, 나라를 어떻게 다스리라고 했어?”

“말을 기르는 것처럼 하라는데요.”

“그럼 왜 굳이 말에 빗대었을까?”

“그거야 장자 마음이죠, 뭐.”

“뭐라고?”

“장자가 썼으니까 지 마음대로 한 거죠, 뭐.”

“어허, 제대로 대답 안 할래?”

“아, 장자는 말을 위험에서 보호해주면 된대요. 그런 식으로 나라를 순리로 다스리라는데요.”

“그래. 그럼 이제부터 너도 순리대로 살아라.”

할아버지가 책을 덮으며 영재 삼촌을 보았다.

“예? 그게 무슨 소리예요?”

“너 하고 싶은 대로 직장 그만두었으니까 취직 안 할 거면 나가서 살아.”

할아버지가 눈을 부릅떴다.
"예? 제가 왜요?"
영재 삼촌이 펄쩍 뛰었다.
"네 인생은 내가 해결해줄 수가 없다. 네가 알아서 해야지."
"아, 아버지 그게 무슨…"
"시끄럽고 나, 저 위에 갔다 올 동안 수재 잘 도와주고."
영재 삼촌은 할 말을 잃은 표정이었다. 펀치라도 맞은 듯 얼굴이 죽상이었다.
할아버지는 드디어 북한에 가게 됐다. 그 어렵다는 이산가족 상봉 명단에 들어간 것이다.
광복절에 맞춰 준비를 하고 있다.

저녁을 먹고 나서 체육관에 갔다. 유시아가 한쪽에서 열심히 샌드백을 치고 있었다. 눈이 마주치자 옅게 미소를 지었다.
"왔어?"
"어."
쑥스럽게 대답했다. 유시아가 옆으로 왔다.
"너 니킥 한번 해봐."
"왜?"
"내가 한번 보게."

연습한 대로 발을 날렸다. 유시아가 보고 있으니까 몸이 굳어졌다.

"이번엔 로킥."

유시아가 손뼉을 쳤다. 다시 또 휙 발을 날렸다. 역시나 몸이 말을 안 들었다. 저렇게 보고 있는데 당연히 굳지.

"안 되겠다. 보호대 쓰고 올라와."

"왜?"

"나랑 연습해보자."

"어, 싫어."

반사적으로 물러섰다.

"괜찮아. 아프게 안 때릴게."

유시아가 씩 웃었다. 눈이 반짝반짝했다. 어? 예…쁘다. 둘이서 링에 마주 섰다.

"…고마워."

유시아가 머뭇머뭇 얘기했다.

"어?"

"그날 도와줘서."

"그게 뭘."

쑥스러워 글러브 낀 손을 툭툭 두드렸다.

"그리고…."

유시아가 고개를 숙였다.

"미안해. 괴롭혀서…."

"응."

그 말이 멀고 먼 바다를 돌아 천천히 내게 흘러온 한 방울 물처럼, 가슴에 툭 떨어졌다.

그 순간 발이 휙 날아왔다. 어이쿠. 이게 바로 약 주고 병 주는 거구나. 쉴새 없이 주먹과 발이 날아왔다. 가드를 치면서 팔로 유시아를 끌어안았다. 가슴이 후끈했다.

"그렇게 가드만 치면 안 돼. 팔 힘이 빠져서 정작 치고 나올 때 힘들어."

유시아가 소리쳤다. 바로 턱 밑에서 색색 유시아의 숨소리가 들렸다. 심장이 요란하게 쿵쿵거렸다.

"유시아."

"응?"

"우리 사귀자."

"뭐?"

유시아의 주먹이 턱을 강타했다. 어이쿠. 비틀했다. 주먹세례가 온몸에 퍼부어졌다.

"남자한테 프러포즈 처음이야."

얼얼할 정도로 스트레이트를 퍼부었다. 다리가 휘청거렸다. 그대로 바닥에 주저앉았다. 유시아가 뒤에서 내 목을 잡아 눌렀다.

"근데, 하필, 이런 데서."

퍽. 어퍼컷이다. 두개골이 흔들렸다.

"시아야. 그만해라. 그러다 죽겠다."

관장 아저씨가 소리쳤다.

"죽여라, 죽여라."

덩치가 팔을 휘저으며 소리 지르고 있었다. 유시아가 뒤에서 몸을 홱 잡아 돌렸다. 그대로 엎어졌다. 꽝 소리가 났다. 정말 얘와 사귈 수나 있을까. 쭉 뻗은 채 눈이 핑핑 돌아갔다.

에필로그

할아버지가 돌아온 날 저녁 축하잔치가 벌어졌다. 상에는 음식들이 가득가득 차려져 있었다. 할아버지는 한참 고모할머니를 만난 얘기를 하고 있었다. 영재 삼촌이 슬쩍 일어나 바깥으로 나갔다. 나도 뒤를 따랐다.

둘이서 옥상의 평상에 나란히 앉았다. 누가 먼저랄 것도 없이 한숨을 푹푹 쉬었다. 고개를 들자 머리 위에 벌써 나온 별 하나가 반짝이고 있다.

"삼촌, 결혼 안 할 거야?"

"글쎄, 생각 중이야. 넌 생각 없냐?"

"나 고1이야."

다시 한숨이 나왔다.

"통일될 때까지 사신다고 하는데 언제쯤 될 것 같냐?"

영재 삼촌이 멍한 얼굴로 건너편 옥상을 보았다.

"음, 대충 사십 년 뒤?"

"그럼 난 일흔일곱 살이야. 그럼 그때까지 시달려야 된다는 말인데."

영재 삼촌이 푹 고개를 숙였다.

"삼촌, 난 쉰일곱 살이야."

"네가 얼른 장가를 가."

또 그 소리. 문소리에 놀라 쳐다봤다. 가방을 둘러멘 유시아가 쑥 들어왔다. 영재 삼촌이 날 힐끔 봤다.

"네가 더 빠르겠는데?"

유시아가 옥탑방으로 사라졌다. 그 뒷모습을 나도 모르게 보고 있는데 아래층에서 벽력같은 할아버지의 목소리가 울렸다.

"평재야!"

벌떡 일어섰다.

작가의 말

이제 7번째의 책이 나왔습니다. 만세!

여러분들이 모르시는 동안, 3권의 소설집과 3권의 장편소설을 냈습니다. 책 제목이 『지옥 만세』인데 4번째 장편이자 7번째 책이라니, 이번에 나올 책이었나 봅니다.

처음 작가가 됐을 때 한 권이라도 낼 수 있을까 했는데, 여기까지 왔습니다. 수고한 나에게 쓰담쓰담.

저는 재미있는 얘기를 쓰려고 합니다. 재미있는 얘기는 쓰기 힘들어요. 읽는 분은 재미있지만. 그래도 저는 계속 쓸 겁니다. 힘들어도 재미있는 얘기를 쓰는 게 좋으니까요. 계속해서 쓰다 보면 많은 분들이 제 책을 읽는 날이 오겠죠.

인디언 기우제는 100% 성공한다고 합니다. 비가 올 때까지 기우제를 계속하니까요. 저도 인디언 기우제를 지내는 마음으로 계속 쓰겠습니다.

『지옥 만세』가 세상에 나올 기회를 주신 강수걸 대표님과 산지니 가족분들께 감사드립니다.

2020년 3월

임정연

지옥 만세

초판 1쇄 발행 2020년 3월 31일
4쇄 발행 2021년 5월 25일

지은이 임정연
펴낸이 강수걸
편집장 권경옥
편집 박정은 윤은미 강나래 최예빈 김리연 신지은
디자인 권문경 조은비
경영지원 공여진
펴낸곳 산지니
등록 2005년 2월 7일 제333-3370000251002005000001호
주소 부산시 해운대구 수영강변대로 140 BCC 613호
전화 051-504-7070 | 팩스 051-507-7543
홈페이지 www.sanzinibook.com
전자우편 sanzini@sanzinibook.com
블로그 http://sanzinibook.tistory.com

ISBN 978-89-6545-648-3 43810

* 책값은 뒤표지에 있습니다.
* 이 도서의 국립중앙도서관 출판예정도서목록(CIP)은 서지정보유통지원시스템 홈페이지(http://seoji.nl.go.kr)와 국가자료공동목록시스템(http://www.nl.go.kr/kolisnet)에서 이용하실 수 있습니다.(CIP제어번호: CIP2020010320)

::산지니 문학::

실금 하나 정정화 소설집
팔팔 끓고 나서 4분간 정우련 소설집
데린쿠유 안지숙 장편소설
마살라 서성란 장편소설
랑 김문주 장편소설
볼리비아 우표 강이라 소설집
방마다 문이 열리고 최시은 소설집 ***2019 부산작가상 수상도서**
유산 박정선 장편소설
생각하는 사람들 정영선 장편소설 ***2018 요산김정한문학상 수상도서**
거기서 도란도란 이상섭 팩션소설집 ***2018 이주홍문학상 수상도서**
나는 장성택입니다 정광모 소설집 ***2018 한국문화예술위원회 문학나눔 선정도서**
우리들, 킴 황은덕 소설집
명랑한 외출 김민혜 소설집 ***2018 한국문화예술위원회 문학나눔 선정도서**
유마도 강남주 장편소설 ***2018 대한출판문화협회 청소년도서**
폭식광대 권리 소설집
사할린 이규정 현장취재 장편소설(전3권)
내게 없는 미홍의 밝음 안지숙 소설집 ***2017 세종도서 우수문학도서**
가을의 유머 박정선 장편소설
노루똥 정형남 소설집
쓰엉 서성란 장편소설 ***2017 세종도서 문학나눔 선정도서 *2017 부산문화재단 우수도서**
***2017 부산국제영화제 아시아필름마켓 북투필름 참가작 선정도서**
독일산 삼중바닥 프라이팬 오영이 소설집
고래그림비 유익서 소설집 ***2016 세종도서 우수문학도서**
토스쿠 정광모 장편소설 ***2016 세종도서 우수문학도서**
칼춤 김춘복 장편소설
진경산수 정형남 소설집

씽푸춘, 새벽 4시 조미형 소설집

아디오스 아툰 김득진 소설집

붉은 등, 닫힌 문, 출구 없음 김비 장편소설

내 안의 강물 김일지 소설집

끌 이병순 소설집 ***2015 부산작가상 수상도서 *2016 세종도서 우수문학도서**

레드 아일랜드 김유철 장편소설
***2015 부산국제영화제 아시아필름마켓 북투필름 참가작 선정도서**

날짜변경선 유연희 소설집 ***2015 세종도서 우수문학도서**

다시 시작하는 끝 조갑상 소설집

조금씩 도둑 조명숙 소설집

번개와 천둥 - 소설 대암 이태준 이규정 장편소설 ***2015 부산문화재단 우수도서**

편지 정태규 창작집 ***2015 세종도서 우수문학도서**

고도경보 김헌일 항공소설집

청학에서 세석까지 정태규 소설집

이상한 과일 서정아 소설집

감꽃 떨어질 때 정형남 장편소설 ***2014 세종도서 우수문학도서**

만남의 방식 정인 소설집 ***2015 백신애문학상 수상도서**

목화 - 소설 문익점 표성흠 장편소설 ***2014 세종도서 우수문학도서**

치우 이규정 소설집 ***2013 문화예술위원회 우수문학도서 *2014 이주홍문학상 수상도서**

서비스, 서비스 이미욱 소설집

작화증 사내 정광모 소설집
***2013 문화예술위원회 우수문학도서 *2013 부산작가상 수상도서**

장미화분 김현 소설집 ***2013 문화예술위원회 우수문학도서**

밤의 눈 조갑상 장편소설
***2013 문화예술위원회 우수문학도서 *2013 만해문학상 수상도서**

즐거운 게임 박향 소설집
***2012 한국도서관협회 우수문학도서 *2012 부산작가상 수상도서**

삼겹살 정형남 장편소설 ***2012 문화체육관광부 우수교양도서**

한산수첩 유익서 소설집
***2012 한국도서관협회 우수문학도서 *2012 성균관문학상 수상도서**

댄싱맘 조명숙 소설집
***2012 한국도서관협회 우수문학도서 *2012 이주홍문학상 수상도서**

1980 노재열 장편소설

불온한 식탁 나여경 소설집
***2011 한국도서관협회 우수문학도서 *2011 부산작가상 수상도서**

물의 시간 정영선 장편소설 ***한국문화예술위원회 문학창작지원 도서**

테하차피의 달 조갑상 소설집
***2010 문화체육관광부 우수교양도서 *2011 이주홍문학상 수상도서**

그는 바다로 갔다 문성수 소설집

부산을 쓴다 정태규 외 27인 지음 ***2009 부산시 원북원부산 후보 도서**

우리 집에 왜 왔니 – 처용아비 박명호 소설집

빛 김곰치 장편소설 ***2008 문화예술위원회 우수문학도서**

달콤쌉싸름한 초콜릿, 이야기 옥태권 소설집 ***2008 부산작가상 수상도서**

길 위에서 정태규 소설집 ***2008 이주홍문학상 수상도서**

해상화열전 한방경 지음 | 김영옥 옮김(전2권) ***2019 세종도서 우수교양도서**

마니석, 고요한 울림 페마체덴 지음 | 김미헌 옮김

빌헬름 텔 인 마닐라 아네테 훅 지음 | 서요성 옮김

올가의 장례식날 생긴 일 모니카 마론 지음 | 정인모 옮김

마르타 엘리자 오제슈코바 지음 | 장정렬 옮김

화염의 탑 후루카와 가오루 지음 | 조정민 옮김